문학과지성 시인선 409

몰아 쓴 일기

박성준 시집

문학과지성사

문학과지성 시인선 409

몰아 쓴 일기

초판 1쇄 발행 2012년 4월 18일
초판 7쇄 발행 2022년 5월 12일

지 은 이 박성준
펴 낸 이 이광호
펴 낸 곳 ㈜**문학과지성사**

등록번호 제1993-000098호
주   소 04034 서울 마포구 잔다리로7길 18(서교동 377-20)
전   화 02)338-7224
팩   스 02)323-4180(편집) 02)338-7221(영업)
전자우편 moonji@moonji.com
홈페이지 www.moonji.com

ⓒ 박성준, 2012. Printed in Seoul, Korea

ISBN 978-89-320-2295-6 03810

지은이는 2011년 대산창작기금을 수혜했습니다.

문학과지성 시인선 409

몰아 쓴 일기

박성준

2012

시인의 말

나빠질 때까지 피가 났다.

2012년 봄
박성준

몰아 쓴 일기

차례

시인의 말

제1부

아껴 쓴 일기 11

샴! 12

무슨 낯으로 14

나무의 내력 18

어떤 싸움의 기록 21

俳優 1; 너그러운 귀신 24

후련한 수련 28

혀의 묘사 30

데몬에게 말을 빼앗긴 취객들이 맹신하는
기이한 사랑의 하염없음 34

아빠! 이뻐? 46

매력적인 오답 49

변사의 혀 52

담 56

고통의 축제 62

증가된 공간 66

소름 68

내 아름다운 지박령들; 무인 사진관 70

내 아름다운 지박령들; 언더스터디 71

나쁜 신앙 72

한배에서 나온 개새끼들 74

검붉은 삼베 위에 좁쌀이 뜰 때 76

화자를 하나꼬라 부르면 79

제2부

뜻밖의 귀신 83

투명한 장송곡 84

끝끝내 86

루돌프의 牛 90

메야 메야 92

익명의 구애 96

발효된 젖 100

시커먼 공중아, 눈가를 지나치는 혼돈 같은 교감아 103

비굴과 굴비 110

방화범이 지은 집 114

떠내려온 얼굴 116

寄港第 119

巫 122

착 123

(어머니는 컴배트를 사 오셨다) 124

하룻밤 새 깨비 깨비 허투루 살다 와보니 134

구멍들 137

나침반의 기후 140

俳優 8; 형태론 142

결혼 홈쇼핑 144

아비 디스크 조각모음記 146

뎁득이의 변 148

俳優 4; 경외심 151

제3부

몸에 占을 갖고 싶은 새들 155

돼지표 본드 156

매력적인 오답 2 158

잠복기 160

주저흔 163

에게해 164

기대심 168

덧니 170

俳優 5; Montage 172

수증기 174

대학 문학상 175

아 80년대산 같은 귀신 (같지도 않은) 이야기 178

엘리베이터에는 터가 없다 184

俳優 2; 의미론 186

담배를 피우는 코미디언 190

어? 탁! 하고 눈을 뜰 때 193

혀의 진술 195

가시연 198

초대장 200
회복기의 노래 202

해설|시의 혀 · 강동호 207

제1부

아껴 쓴 일기

나는 왜
열 살부터 너라는 이름의 평전을 쓰기 시작했니?

동무야, 화단 밖에는 너보다 일찍 다녀간 통증이
있단다
부르자마자 입술과 헤어지는 말이 있단다
꽃을 감싸고 있단다

저 꽃은 꽃이 아니려고 애쓰는 동안에만 꽃인데
나무야. 온갖, 젊지도 않은 모양으로 구름을 쑤시
는 필체가 있단다.

어머니보다 긴 이름의 여자가 있단다.
대책 없이 모르는 날씨
누이야. 숨을 쉬기 시작했니?

샴![*]

계단이 날마다 옷을 벗어요 꿈틀거리던 척추가 이
제 아프지 않죠 계단 중앙을 뚫고 깊어지는 가로등이
구불거리는 등짝에 주홍색 스타킹을 입힐 때마다 벗
었다 내팽개치는 다리들 낭자한 빛의 의족들이 골반
을 잇는 중이죠

밤은 시퍼렇게 환한데 이 길 걷다가 나만 뜨거워져
서 죄다 취소하고 싶은 벽이랍니다 모든 움직임은 뼈
를 그리워한 주제가처럼 흘러내리고 모양을 좀체 바
꾸지 않던 등짝도 뻐근해져 당신은

감각을 주워다 더 멀리 밀어버리고 있는데 나는 왜
자꾸 당신 척추에 가라앉고 있나요 지독한 길들이 흉
부를 꿰매고 또 헐렁한 계단을 꿰매고 태어나기도 전
에 포개진 주홍빛 그늘이 겹칠 때를 찾아

검은 강 흐르지요 모두 거울이 깔린 계단이랍니다
당신과 내가 갈라지면서 할퀴고 매니큐어를 칠하고

당신을 딛는 순간 나는 당신 몸속으로 빨려 들어가죠
흩어진 허공의 주인들은 여기서 웅성거리는데 여보세
요 어디 계세요 내 척추를 찾아도 허전한 이 느낌은

손톱처럼 잘려나간 숨소리가 미리 파놓은 무덤으로
가 눕고 계단이 맨살로 밤을 견뎌요 까닭 없이 나를
버린 통증이 한 번 더 내 빈 곳을 생각하고 있어요

　* 샴쌍둥이

무슨 낯으로

내 입에서 감옥을 찾으러 왔습니까.

주정하는 광대의 그림자를 찾으려 온 겁니까. 아닙니다. 그렇습니다. 있습니다.

입술에서, 무성한 풀섶에서, 벌레 우는 소릴 만들고, 건드리는

내 살 속에서

할애비의 이야기가 피고

산중에 멀리

더 깊이, 깊이

먹뱀의 혀가 길면

맞습니다. 여기가 여기 아니리만큼 여기지요.

여기, 감금된 혀를 보러 왔습니까. 뱀이라는 몸이 고작, 혀의 감옥이라 끝입니까.

끝이라는 것은 꼬리라는 매듭진 형태, 쉬— 쉬—
내 혀를 보러 왔습니까.

말하시라. 말씀 좀더

하시라. 가실 때 안 가겠다는 말씀

생각할 뒤통수는 생각지도 않겠다는 말씀

나는 혀의 뿌리를 찾으러 왔습니다. 사무친 창살을 찾으러 왔습니다. 그렇습죠. 산돼지의 뿔이 제 눈동자 향해 휘고, 할애비의 무덤이 싫어, 묘목을 심었습죠. 고맙구나. 말하지도 말고 가시라.

이미 죽은 몸

어깨를 건드리는 뿌리 쪽으로, 저리 나무가 튀어 춤을 배우고

낮에 미친 얼굴 그리워, 맨손으로 그늘은 미쳐, 걸어만 가는데

도가 들지 못한 촛불이 흰다. 휘는구나 하여도, 작정을 하고 무덤가의 나무는

눈 대신 속이 시립니다.

할애비가 주정을 하고 왔습니까. 몸이라는 것이 고

작 혀뿐이라 여깁니까. 통째로 산을 옮겨 대책 없이
　　입술에서 모르는 나무가 춤을 추고, 잠깐만.
　　내 혀는 더 깊숙이 강을 떠나는데, 할애비는, 왜 왔
습니까. 말하시라. 시도 때도 없이 내 몸에 드셨다는
말씀, 늘 오지 않고, 오시려는 상태로 여기라는 말씀

　　하시라. 그림자 인형을 흔드는 광대의 손처럼
　　습자지 곁에, 뻔히 알도록 또 바깥이 여기라고, 먹
뱀은 혀를 참고, 온몸으로 저리 있어, 대체 내가 여기
라고
　　말을 하시라.

　　나는 내 몸에 든 할애비를 모릅니다. 내 혀가 춤을
걸고, 나보다 할애비 말로 할애비 아닌 만큼, 나 아닌
말로 말을 거시라. 말 좀, 하시라고.

　　아 아 말씀을 좀더
　　아주, 아주 내게 들어왔습니까. 계속 오고, 자꾸

오고. 밉습니까.

미워 불러, 불러봐도 아픕니다.

나무의 내력

소목장이 할아버지가 망태기 속에 손을 넣고
내 목뼈를 끼워 맞추고 있어요.

거꾸로 선 관절들이 두개골로 바람을 불어 넣으면
수억 년째 번지고 있는 저 불길 같은 것이

마을 중심부를 담금질하지요. 검은 새가 둥지를 튼
태양의 입속부터

헐거운 골목들이 뻗어나가고 바람이 대패질한 각진
표피마다 톱밥들이 날려요.

피노키오! 피노키오! 옹이에 대고 부르면 몸속 빈
집들이 드러누워

혈관까지 딱딱해지고 있다고 손가락 끝으로 마른
잎사귀들 털어내지요.

일순간 애벌레가 버리고 간 알집들이 우수수 쏟아
지면서, 오래된 손톱처럼 문드러지면서, 낭자한 마을
흉부가 들썩거리죠.

이제 모두가 거짓말처럼 마을을 두고 떠나요.

말랑말랑한 것이 남아 있지 않은 이곳, 한참을 혼
자죠.

나는 아버지 심장에 뿌리만 두고 나온 나무거든요.
그림자를 갖는 대신 그늘을 가졌다는 것이
　점막에 수상한 냄새로 거짓말을 들끓게 해요.
　다 자라고 나면 이곳을 꼭 벗어나리라. 뿌리에게
말을 걸면
　아무도 모르게 내 뿌리는 마을만 더 깊이 움켜쥐고
있어요.
　그때쯤은 알았을까요. 송진이 흘러나오는 눈동자마
다 이 마을 모든 벌레들이 엉겨 붙는다는 걸
　나는 자꾸 코가 길어지는데 길어진 코를 면도칼로
깎으며
　도망치듯 내 코 위에 올라탄 사람들
　모두 뿌리는 어디에 두고 왔냐고. 삐걱삐걱 어긋난
관절들을 맞추죠.
　내 젖은 뿌리들이 망태기 속을 걷고 있어요.
　태양을 등진 할아버지는 그늘에 못질을 하고 있답
니다.
　까맣게 탄 장기들이 거기 잘 있는지 확인하며 나는

아직 떠나지도 못하고

　아무도 몰래, 이곳만 더 깊이 움켜쥐고 있어요.

어떤 싸움의 기록

　귀신 같다. 어지러운 집은 귀신 같고 어지러운 집에 사는 나는 귀신이 아니다. 어제 몸에 든 귀신이 몸이 가렵다고 한다. 어디가 가려운지 모르겠는데

　가려운 곳이 분명 있는 듯한 찝찝한 기분, 내 몸에 귀신이 왔다 갔다. 말도 없이 귀신이 기분만 주고 갔다. 귀신은 기분이 나쁜 귀신, 나는 어딘가 가렵다고 뒤죽박죽 몸으로 중얼거린다. 할 말이 많은 몸은 귀신처럼, 귀신 같은 기분, 귀신 냄새가 난다. 냄새를 맡는다.

　살을 핥으면 무슨 맛이 날까. 무슨 맛이 나지.

　어떤 사람은 귀신처럼 앓는다. 커튼의 흔들리는 그림자처럼, 그림자를 쥐고 흔드는 바람처럼, 너는 귀신을 닮아 귀신처럼 방을 어지르는 사람, 어제부터 오늘까지 천천히 죽었다.

　죽지 말지. 그러나 너는 살아나리라.

속옷을 뒤집어 입은 귀신을 생각한다. 아비가 자주
뒤집어 입던 속옷, 어두운 자리에서 급히 챙겨 입은
그 어두운 저편을, 그러나 나는 없는 듯 살아나리라.

네 살을 핥으면 짠맛이 났으면 좋겠다고

아비가 그곳을 탐한 땀이 나였다는 걸 깨달았을 때
아비가 써 내려간 편지가 나를 시작한 사건이었다
는 걸 인정했을 때

아니다.
당신은 귀신입니다.

난해함과 난감함 사이에서 귀신이 걸어온다. 나는
없는 것 같은 내 살을 미친 듯이 핥는다.

미친 듯이? 아니다.

내가 그토록 사랑했던 여자는 곡을 잘하는 여자.
온 동네 모든 곡소리가 필요한 잔치 아닌 잔치마다
곡을 해주러 다니던 여자. 나는 욕을 한다.

아이고— 아이고—오. 아이고—오—오. 미친년.
귀신든 년.

눈물은 나지 않고
씻김굿, 허튼굿, 방구리굿, 좁쌀굿 달래도, 달래도
내 어미는 여자가 아니라 주지 못하는 귀신이네.

왜 이리 집이 어지러워요? 그런 난투극 뒤에
집이 귀신 같다.

쓰러져 있는
눈썹 문신만 남은 여자의 볼을 오래도록 핥아주고
싶었네.
내가 귀신처럼 미쳐, 그 몸에 더, 다다르고 싶었네.

俳優 1; 너그러운 귀신

—俳優라 적어보니 내가 사람이 아니라
그저 귀신이더라.
巫라고 적어보니 춤을 추고 있더라.
몸은 더 쓸쓸해지더라.

누나는 말이 없었어
나 대신 말이
말이

몽땅 괄호 안에 들어가 있었어 지시문이었어

너는 인간도 아니야

촛불에게 고래고래 소리를 지를 때도
기다릴 줄 알아야 어른이라고
신엄마 따라나선 길
내 뒤통수를 착하게 착하게도 오래 두고 만져줄 때도

말을 잃었다기보다 애초에 말을 빌려왔다는 생각

괄호였지

발톱을 가위로 자를 때는 조심스러웠고 검지를 가
위로 자를 땐
단지 아—

곧 입을 벌려
누나는 입속에 가위를 넣고 볼을 잘랐어

피 때문에 바닥이 미끄러워서, 나는 디스코를 추려
고 달려들었지 좋았어 쓰러진 누나가
앰뷸런스에게 제압을 당한 누나가, 고개를 돌리고,
멈추고, 말도 못 하는 꼴이

좋았어 괄호란 그런 걸까? 잘린 누나의 입, 없는
누나의 자리, 춤출 수 없는 바닥, 헛바닥, 말을 갖기
전에 혀, 뺨을 맞았어

무엇이 더 잘못한 걸까 우리의 잘못은, 잘못이 잘
못됐나 봐 어이 잘못. 잘 못 오지 말고 잘 오지 그래,
그리

잘 오지도 못할 거면서 버리고 헤어지고 나니, 영
원히 자격이 없었어

반쯤 목이 잘린 애기돼지나 앞에 두고, 말을 시작
한 누나를 보았지 말이 아니었어 누나가 아니었어 웃
고 있었어

꿰맨 볼에서 피가 흐르고 있었지만 여전히 휘파람
을 불었지 누나, 칼을 쥐고 누나, 나 대신 춤을 추고
누나

미끄럽다 미끄러워 뭐가 그리 넉넉하니? 우둔한
것, 방울 소리 위에 서라 칼로 손금을 끊어라 귓속에
숨은 혀를 잘라라 누가, 누가 자꾸 지시를 내리고 있
었어 자꾸자꾸

우리는 다 같이 얇아지면서, 얇은 방에 살고 있었어
모르게 돋은 혀가 칼이었지 모든 게 괄호처럼 부푼
헛배였어

시키는 대로 신엄마 따라
가라 잘 가라 멀리 가라

나도 모르게 썰어낸 손목을 쥐고 창밖으로 안녕 안
녕, 안녕 하는 말이
나 같은 말에게 말보다 말없이, 말 같은 것도 아닌
나는 포로였어
안녕 안녕 하면서

후련한 수련

항상 얼굴의 북쪽에서만 키스를 하겠소
한 무리의 싱거움을 조롱하고 가는 입김
수련의 속내가 태양의 뿌리를 흔들며 연못을 개봉
하고
가라앉은 얼굴을 꺼내 봉인해온 말을 터뜨리면
자꾸 모르는 이름만 가시를 쥐고서 여름을 방문하
고 있소
외침이 될 때까지 몸이 될 만한 것들을 찾아
헤매는 춤의 하소연이란
애인의 소란스러운 울음을 감싸 안을 때처럼
반짝이는 빈틈으로 여기에 거울을 깨고 있소
모르는 말이 건너오는 동안
바늘을 쥐고 삼베처럼 웃으며 깊은 혀를 꾹 다문
수련
저기 후련하게 수련이 물을 쥐고 솟아 있소
물속을 듣던 바위의 귀는 오래오래 초록을 껴안고
시시때때 하얀 발톱들은 잇몸 근처에서 자라나오
어쩌자고 물속에는 찡그린 미간들이 그리도 많아

물의 어깨를 비튼단 말이오, 비바람과 수련이 키스를 나누는 동안

저 부력은 감은 눈꺼풀에서 풀려 나오는 힘

눈을 감고 응결하는 입술과 입술 들의 향연

빗줄기의 청력이 허공과 연못을 꿰매고 있소

서로가 서로에게 눈이 없어 몰라도 좋을 얼굴, 그저 묻고 있소

향기로 취미를 가진 우울한 표정들이여, 꺼져가는 물속의 핏빛을 보오

툭 터진 엄지에서 연못을 향해 배어 나오는

개봉된 허공의 저 피를 보시오

혀의 묘사

혼잣말을 하는 누이에게, 누이야. 그만 그쳐라.
혼자라는 성질만 가지고 가서 스스로 벼랑이 되어
라. 하고
둘이라는 혀를 가진 나에게
내가 그토록 그리워한 것이 다른 네가 아니라 입속
다른 형식인
나라는 것을 중얼거리다 보면
건강한 묘지로 가 무덤을 핥아대는 입은
나처럼 내 입인가, 나와 멀어질, 나 같은, 네 입인가.

나는 얼음으로 태어나지 말았어야 했다. 꼭두각시
목소리로 새벽을 외치거나 얼굴에서 얼굴을 뺀 얼굴
로 누이는 누워 있었지. 누이야. 가기 전에 혀만 빼
놓고 가라. 잠시라도 좋으니 쓰러진 담을 용서하고
가라.

기침을 할 때마다 돌덩이들 쏟아져 나오고 춤꾼들
은 절벽 끝에서 덩실덩실 숲에게 시위를 하는데, 누

이야. 숲은 혼자의 것. 혼잣말이 아니다. 숲에게 소유
된 나무들의 신성함을 보아라. 말에게 꼭두짓을 하고
밤에게 주목을 끈들. 나는

　온도에 민감한 액체일 뿐.
　붙잡아줄 수 없는 말이 없어.
　누이야 섭섭해, 머리 쓰다듬고 가지 마라.

　말을 옮기기가 싫다. 목소리야. 내 몸과 헤어지지
마라.
　입술을 두고 헤어질 각오로 순간, 순간 나는 나를
두고 나에 관한 말이다. 그저 오해다.

　말이 두고 온 혀
　말에서부터 변형하는 혀, 말 때문에 다른 혀를 부
르다가 복수가 된 혀, 둘이서는 먹을 수도 없고, 말할
수도 없어. 혀에서 혀까지
　묘지가 서는 입속

말은 입술과 헤어진 형식이지만 입술은 심장과 멀어진 상태라는 것을
나는 또 사라진다.

필요 이상 잊을 일도 반드시 흉이 아닌데 물소리나
나는 내 갈빗대 사이에서 증발하는 것이 곧 죽음이라고
예감하지 말고 가라. 가능성이란 온도는 내게, 주지도 말고 가라.

누이야 말 좀 하고 가라. 한숨 미각에게 색을 주고
나에게 이름을 주고 가라.
무덤을 열고 꽃봉오리처럼 흔적으로 다시 가라.

꿀꺽꿀꺽 나를 깨물고 나를 다 마시고 가라. 말에게 피를 주고 말에게 칼을 주고 가라. 혼자서 말하지 말고 같이 말에서 살다 가자.

미안, 중얼중얼 싫다, 멀리 가라. 벙어리로 다시

태어나 묘지로 가자. 서로에게 혼잣말로 같이
  가자.

데몬에게 말을 빼앗긴 취객들이 맹신하는 기이한 사랑의 하염없음

하나

뼈와 뼈 사이로 강이 흐른다

겨우내 슬픈 얼굴로, 선술집 창가 곁에 그늘이 되어간
과거완료형의 표정들이여 거룩하시오, 헛되지 않게
어제를 빌려 불량하게 계량된 웃음
압생트에 빠진 요정들은 설탕을 녹이는 내내 귓속말을 걸고 있다
정신과 영혼 사이, 가려움증이 도는 마을 중심으로, 우물 속으로
한 번쯤 자살을 꿈꿔봤을 청년들이 아무 말도 못 들은 척, 눈동자를 찰랑거린다

팔려나가지 못한 근육들과 다시 벼랑에 공고를 붙이는 문지기들의 눈꺼풀에 관해서는 말하지 말라 애써 말을 아껴왔던 제 출생에 관한 비밀 따위들이 기

회를 엿보며 서로의 허름한 소매를 움켜잡으니
　때마침 눈을 서럽게 하는, 단 한 번뿐인 바람아
　다가온다, 너는 어디선가, 다가온다

　뼈를 넘어서, 싸움을 엎지르고 두 발이 깨지고
　강물이 안 되겠다는 얼굴로 먼저 일어났을 때
　마른 강에 가득한 돌들은 바람 때문이라도 그 속내
가 드러난다
　바람에 의해

　이곳에 수만 개로 가라앉아 있던 돌들의 생태를 안
다는 것
　이 얼마나 절망적인가

　둘

　그래 봤자 사랑했던 사람의 호주머니에는 구두가

없다 구두 속에는 우산이 없고 우산 속에는 날 두고
떠난 이유의 편지 따윈 없다 휘파람과 함께 몸 안에
서 밀어낸 바람의 안부를 묻는대도 유령이 떠도는 거
리에는 답장이 없다 햇빛도 없이 홍채를 주무르던 근
육의 역할이란, 몸에 가장 캄캄한 부위로 길을 밀어
내는 것, 눈물을 눈물이라 쓰지 못하고 순간을 흔들
림이라 쓰지 못하니 쓸모없는 펜촉, 노동하지 않는
것들은 밥이 아까워 밤을 마신다 그리고 기울어진 전
신주에서 온몸을 다해 제 몸, 뒤집어보는 것이다 호
주머니를 뒤집어보면 해진 옷에 너저분한 실밥들이
이토록 기어 나오고, 너는 오지 않는다 실밥들은 취
한 너의 필기체처럼 너를 많이 닮아 의미 없게 있고,
여기 가장 낮은 천장의 있음을 만드는 嵴들이 있다
그래 봤자 우리는 걸어갈 어제의 사람들, 골목에 밑
줄을 그으며 서로 스며갈 뿐이다

셋

열 명의 남자가 계단을 내려온다
열 명의 남자에 의해, 열 가지로 해결된 계단
한 가지 계단이 생각하는 보폭이란
열에 하나는 믿지 못할 이유를 만들어보는 것
열 명의 남자라는, 계단의 사태 뒤에 따르는
'떠났다'라는 물음과 이름
계단의 경험 뒤에 있는 계단과
계단의 경험 전에 있던 계단에 관하여
단지 열 명은 뛰어 내려간 계단의 과거
계단은 계단으로부터의 찰나
바람은 계단이 아니라, 열 명만 가장 명확해지는
과장된 균형
열 명을 내려놓음으로써
들었다가 놓아지는 심장의 위치와 계단의 정치
숨을 쉰다 여기

조금은, 한 개의 계단을 가진 만남이 있다
한 가지 계단이 셀 수 없는 발목들과 헤어진다
남아 있다 외로워진다

넷

예배당에 모인 청년들이 피켓을 들고 노래의 사용
법을 배운다
노래를 따라 부르지 않는 이의 면죄부란 태양을 찾
지 않는 것이다

어느 목마름에 가라앉아 있던 무릎 속으로
시궁쥐가 물고 가는 '태양'이란 말의 허술함과 같이
그들 속에 내재된 그들은, 용서가 아니라 용기를
요구한다

겹겹이, 겹겹이, 사랑의 땅에서 솟아나 추위 속으

로, 이름도 뻔한 잡풀들이 무허가처럼 피어나고
　이교도의 담장에는 또아리 튼 꽃대가리들만, 미끄
러지던 하늘에게 자신을 허락하는데

　중심과 대열을 만들어
　한 가지 목소리로, 목 아파하는, 골목의 자주 변심
하는 얼굴들아, 저 틈으로
　자 이제, 입만 뻥긋거리는 노래를 들으라

　객관성이라는 가장 혁명적인 사랑 앞에서 '무허가'
는 허락에 따라 분명히 무너질지니
　단호히, 너는, 울어라

다섯

　과도를 쥐고 사과를 깎는 짓과 까마귀 새끼가 하얀
알을 깨고 나오는 짓

음악에게 타로 점을 봐주는 노파의 버짐 핀 손짓과
탈 난 음악이 악보에서 일어나 누군가를 부르는 손짓
　　바라보는 짓
　　사랑했던 사람의 뒤통수에서 빼낸 패배감이라든가
응고된 노래를 향한 경외심이라든가
　　기다려야 흐르는 짓, 변심 같은 물방울의 진동들,
이해하는 짓
　　입술과 헤어져 영원히 도피하다 불현듯 귀를 시리
게 하던 이미 내뱉었던 말, 이별하고 재회하는 것을
반복하는 말의 일대기를 지나, 가만히
　　처음 당신의 손을 잡는 짓
　　한 가지 바람이 부는 짓
　　바람 국적 향해 표절해내는 글쟁이들의 포즈 같은
짓, 독서한 글을 모두 태워버리는 무산자의 함성 같
은 짓, 매력적이게
　　서서히 종결하며 감춰진 거짓
　　사랑과 운동은 낭만적일 수밖에 없어, 대체 산다는
건 뭐야

벙어리 짓

바람은 부서진 시계에게 처방을 내리는 점술사의 얼마 남지 않은 드라마, 창백한 고백을 받는 너에게 더 명백해지는 드라마, 신을 옹호하고, 인과를 잉여 속에서 찾아 묻는 짓

우연을 사랑으로 운명을 고마움으로 인정하는 짓

이렇게 살 수밖에 없는 짓

죽은 아이의 이름을 바꿔 후생을 고치고, 제발 좀 안 되게 해달라고, 형식을 갖춰 묻는 짓

묵언은 보이지 않고 음악 같은 것들은 응고되어 있어, 예배당에 기둥으로 발딱 서서 우리에게 아직 희망이 있다고 가르치는 짓

0요일을 찾아가서 병드는 짓

너는 須臾나 刹那, 나는 '1요일'을 위하여 순간순간 변해가는 짓

태어나는 짓

이곳 바깥으로, 가장 잘 포개진 너와 나를 세워두는 짓

여기가 '가장'이 되고 '바깥'이 되는 짓, 벗어날 수 없는 짓

죽는 짓

더 새롭게 사는 짓

과거진행형의 짓

사랑하러 오라는 손짓

너에게

지껄이는 짓

자 그런 짓을 위하여! 지껄이고 난 짓

여섯

겨울의 가시들아 물을 뚫고 나오는 무수한 손가락들이 흩어진 손금을 찾으면 너를 향한 바람의 청중들은 여기 와 물 위에 귀를 만들리라 가시연이 열리는 시간, 이름을 잊은 먼 나라의 사라진 종족들은 죽기 직전 귓속에 울음씨앗을 심었다고, 물속이 너무 수상

해, 속상해서 참을 수가 없어 가라앉은 소리들은 자신
이 태어난 입술을 찾기 위해 혓바닥처럼 축축해진다

어두운 입속에서 지느러미를 달고 깔깔깔 비늘을
털며 일어섰다가 첨벙, 경계를 넘어서 귓바퀴 위로
올라섰다가 다시, 가라앉았다가 수천 개의 귀를 만들
며 강은 끝없이 고요하다 물 위로 떠오르는 귀, 이르
지 못한 시간이 가만히 허공을 열다 멈추면 불현듯
들리는 소리가 있어 떠오른다 영혼아 빠져나온 것들
을 응시하는 햇살의 숙연함처럼

물 밖에서 속수무책 물 위로 뜨는 것들, 손가락으
로 찔러보면 강은 분명 흐르는데 먼 나라의 일그러진
얼굴들은 왜 흘러가지 않는가 당신 귀가 내 어깨 위
에서 침몰하고 있다고 표정을 반죽하던 손은 대체 어
디로 갔는지 너는 가시연이 열리는 시간, 나를 붙잡
은 그 막막한 물때자국, 취한 겨울아 안부나 묻고 가
거라

일곱

물은 얼면서 그릇을 사랑했다

한겨울 밤, 노동자들이 미처 다 꾸지 못한 꿈이여,
노동하지 않는 자에게 빛을 주라

불온하라 누구든 불온하라 영원한 혼자들처럼, 절
망은 흥미로운 일, 그런 시인에게로

스스로의 타살을 실천하려고, 이 뻔한 계절을 키운
것은 흐르는 물이다, 술이다

고여 있는 낙서들이다

말을 배우기 전, 천연성으로, 나는

꽤 오래 태어나지 않은 짐승처럼, 혀가 험하다

내 사랑했던 청춘아 아름다워 위험하다 엎질러진
그릇이 궁금하지 않은 밤이다

바람이 얼면서 고백을 해오니, 사랑한다, 살아 있
겠다

아빠! 이뻐?

「저녁의 게임Today And The Other Days(2008)」 O. S. T.
트랙 No.2|나한테 왜 그랬어요?|한배에서 나온 개새끼들,
낭송자: 박성준|10:20|

미안한데 아빠 이뻐! 고마워 내 더러운 심장
빌려줘서
이뻐, 헛것들을 위해 두근거리는 복도, 혈관이 뒤
틀릴 것 같아 미쳐
무채색 파이프가 내 몸 움켜쥐고 끝이 어두운 복도
사이엔 숨겨진 창이 있고 열리지도 않는 색이 있고
그 피 흐르고
함부로 죽을 수도 없는 이러한 침략
없을 맥박을 두고 쫓아오는 함정들
아빠가 문 파이프 담배 속
연기의 혈관들이 뭉개, 뭉개져서 천천히 천장에 구
멍이 나고 있어
허공이 쏟아내는 흐린 빛이 저항을 모르고 이도 없
이 잇몸으로 나를 싹둑 잘라 낳았다는 당신의 목소리
를 모르고 무엇보다 나는

당신을, 얼굴을, 모르고 또 연기가 무르고

거울 속 나에게서 희미한 당신을 찾고

썩은 구멍마다 눈알을 갉아먹는 시궁쥐들, 도망

가! 오지 마!

튀어나온 눈알이 아빠 팔뚝을 향해 구르고 있어

풀린 시신경이 느끼고 있는 땀내, 근육도 없이 비

려 그래서 이뻐! 아빠?

시간보다 서두른 관절들도, 그 서투른 그림자도

하나도 여기 없어, 없으니까 있어 몸을 횡단하는

복도 위에서

드는 예감이랄까 그런 필연이랄까

내 뼈를 만들고 있는 먼 소리 내 몸에도 전부 없는

그 소리

예쁜 당신이 들려주는 자장가처럼 내가 나를 온전

히 연습하게 하는, 아빠!

아파! 아프지 마, 이뻐! 입에 문 거품 속에 숨기고

있는 내 뼛가루들

거울 속에서 영원히 쓰러지고 있는 아빠, 나빠

나도 없이 이뻐, 말 좀 해봐 아빠 결코
움직이려 하지 마, 아빠

매력적인 오답

입술에게 말을 걸고 소리에게 풍경을 준다 술을 마신 말이 취하고 말에게서 배운 이름을 챙겨 거리에게 말랑말랑한 뼈를 건넨다 수신호로 말을 잡는다 기수들의 말은 내 말 없음을 비켜서고 빈 말에게 따블을 부르자 말이 말도 안 되게 선다

택시 미터기 속에 말은 몸은 두고 다리만 분주하다 기수에게 기사라 부르고 박성준으로 갑시다, 한다 힐끗 기사는 말없이 말을 몰아 말죽거리로 가고 말죽거리에서 합승을 하더니 마장동으로 가고 마장동에서 만난 말 많은 합승객과 말놀이를 한다

나를 묻는 말에게 기사는 자기 조카라고, 말놀이로 응대를 하고 말 않고 그 말을 듣고 있으려니 흘러내리는 뼈가 좀체 말을 듣지 않는다 술에게 준 혀는 말을 만나지 못하고, 쓰리고, 헤어지고, 말에게 혈연이 된 나는,

나에게 다시 친근하다 말안장에 기대서 지금, 말의 일부가 되어도 좋겠다 싶다

한 차례 말들이 지나가고 미터기 속 말은 계속 말

을 향해 달리는데, 조카라면서 왜 내 말은 듣지도 않고, 걸지도 않고 저놈의 말만 몰고 가는 걸까, 저 사람 한참을 그렇게 말과 같이 나만 따돌리고 벙어리로 있다가, 식당에 내려 말 곁에 나를 묶어둔다 다른 기사들과 말을 채우고 이쑤시개로 나오지 못한 말들을 쑤시다가 구둣방에서 구두를 닦고, 말표 구두약을 듬뿍 바른 구두로 다시 말에 올라탄다

출발은 않고

스포츠 신문 숨은 그림을 찾는다 말굽을 찾고 말굽 같은 입꼬리로 웃다가 내게 말을 거는데 박성준 씨야 박성준! 일어나 하고, 금세 뚝 그쳐 말을 몬다

가려던 곳 모를 줄만 알았지 몰라도 괜찮지 내 지갑을 뒤지더니 다시 말을 타고, 기사는 내게 말을 가르쳐준 곳으로 말을 몬다 문을 두드린다 아무도 없다 대문을 뻥 차고 내 멱살을 잡고 진짜 집이 어디냐고 말 좀 해보라는데, 말로 하세요 왜 이러세요 말 대신 친절한 피만 흐른다

내가 나에게 좀 가자는 건데 처음 본 삼촌이 사람

잡네 사람 잡아

뺨을 때리고 말에서 걷어차 내 목을 말도 안 되게 밟는다 이제 와서 말의 대가를 내라고? 쳐 죽일 놈의 말, 일어설 수가 없다 가물거리는 횡단보도는 죄다 죽은 얼룩말 같다

아무도 삼촌을 말리지 않는다

얼룩말에 올라탄 것들이 모두 딴청이다 내 이름과 닮은 지명을 가지고 싶다고, 말이 나오지 않는다 나를 닮은 지명이란 없다 무조건 없다 없으면 그냥 웃어야지 말굽처럼 웃어야지 참 운수가 좋은 날이지

이젠 술 좀 끊어야지 정말이지 말 목이라도 잘라야지 어쨌든, 이놈의 말이 말썽

변사의 혀

발뒤꿈치가 가렵다,
는 어머니의 발을 검은 봉지[1]로 감싼다
앙— 앙— 깨문다
시원하셔요? 검은 봉지에 들어간 발, 돌아오는 말
이 없어서
더 앙— 앙— 깨문다[2]

어째서[3] 반성[4]이라는 말 속에는
생각하고 난 뒤에 살이 쪄가는 아수라장[5] 같은 무
늬[6]만 남아 있는지

반쪽 혀가
이빨보다 세게 뒤꿈치를 깨문다

반쪽 혀가
어머니의 이불 사이로 하혈[7]하고 나온다

만들어질 거야 만들어질 거야[8]

52

바깥[9]을, 입을, 입속에서 궁금해한다[10]

나는 혀가 두 개 있어, 아직도 만나지 못한 다역의
혀를
그리워한다[11]

1) "여러분 안녕하십니이—까. 이 시대의 마지막 변사 인사 올립니이—다. 먼 길 찾아 모여주신 관객 여러분께 오늘 귀신이 꽁무니를 빼고 갈, 누—운 물 없이는 볼 수 없는 이야기 하나 들려드리겠습니이—다."

2) "때는 일천구백사십육 년, 음 사월 보름 어느 청초한 저녁 날입니이—다. 창이 찢어질 듯 고함을 지르는 여인, 아니, 아니, 아니, 앓고 있는 여인이 초가지붕 다 기울도록 산통을 쏟고 있었으으—니, 지나가던 나그네도 그 소리에 화들짝 놀라 봇짐을 놓치고, 막 접붙인 감나무 아랫도리도 새끼줄 꼬듯 비틀어지더이이—다."

3) "이—이 불효자가 왔습니다. 살아생전 손발이 터지도록 피땀을 흘리시며 못 믿을 이 자식의 금의환향 바라시고, 모진 설움 갖은 고생 다 겪으신 어머니, 어머니. 이 불효자가 왔습니다. 따순 밥 한 끼 못 자셔서 무덤에 자란 쑥도 쑤욱— 쑤욱— 꺼질 듯이 시푸르고오—오."

4) "아랫집 숙경이가 사내도 없이 애를 낳았다며? 그 아이가 배 속에 꽁 하고 들어가서 밤만 되면 그리 지 에미 배때기를 이불 짜는 것만큼 쥐어짜고 난리라잖아."

5) "아니 이때 혀를 차고, 바닥을 치는, 한 장정이 그 소리를 듣고 있었으으—니, 그의 이름은 다름 아닌 대한의 남자 중의 남자 영웅이었더이이—다."

6) "산천에 엎드린 발자국이 왜 대답이 없습니까. 강 건너 저승길이 백 립니까. 천 립니까. 만 립니까. 천 리라면 못갑니까. 만 리라면 못갑니까. 왜 대답이 없습니까. 어머니. 이— 이, 이— 불효자는 산천에 엎드려 웁니다. 산천이 엎드려서 웁니다. 어머니이이—."

7) "아니 글쎄 헛바닥이라잖아, 헛바닥! 아니 귀신의 먹구름이—

귀신의 먹구름이— 아 붉은 귀신의 먹구름이—"

8) "댓바람부터 술에 취한 뒷집 고 서방은 술 깨는 꽃잠 청하다
가 놀라 뒤란 담장에 빼꼼히 고개를 내미일—고, 온 동네 코
흘리개들도 입에 욕 담고 킬킬대고 저 집, 처자는 왜 여기란
말입니까. 대체 무슨 까닭이란 말입니이—까. 이리 가면 타향
이고 저리 가면 고향인데 왜 이리 오란 말입니이—까. 구름에
달 가듯이 가는 나그네도 모를 그런 기일— 을."

9) "세월이 흘러 영욱과 숙경은 없던 일처럼 가난한 살림을 꾸리
고 살아가는데에—, 그래 그럴 일 없지 숙경이 누구인가. 얼마
나 마음이 곱고 순한 여인이 아니었던가. 귀신에 홀렸던 게야.
그게 말이나 되는가. 그래 귀신! 귀신에 홀렸던 게지."

10) "아—아 이게 무슨 운명의 장난이란 말입니이—까. 영욱은
숙경을 버리고 창숙에게로 가는—은—데, 그들을 갈라놓는
비가 내리고. 때마침 해가 저물고. 숙경은 이미 싫어증에 미워
증에 그리워증에 말을 잃었으—으니. 아— 아— 다시 하안
번 또 이게 무슨 운명의 장난이란 말입니이—까."

11) "왜! 왜에—! 대답이 없습니이—까? 마음을 열어 몸을 열어
통곡을 해보십시이—오. 제바알—! 제바알—! 모진 설움
…… 홍겹게 사랑합니다."

담

병든 만큼 민요조 춤을

공기 중에 빨간 입술이 둥둥 떠다니고 있습니다. 병신춤을 추던 누이가 북이 끝나자 병신이 되어 누웠지요.

숟가락으로 얼굴에 한 부분을 파낸 것 같습니다. 천장이 접혔다 도로 펴지지요. 누이는 오래 누워 있습니다. 굿하지 못한 굿이 거듭될수록 누이의 몸은 씻기지도 않고, 눌리지도 않지요. 낮아진 천장에는 귀신이 살고, 바닥에는 누이가 삽니다. 귀신은 병든 누이를 주무르며 강물을 만듭니다. 아우성을 만듭니다. 헤엄을 치고 헤엄을 쳐도 떠내려갑니다.

벼락이 치고 나무가 쏟아지고 낮은 집들마다 물이 차고 땅을 뒤엎습니다. 춤을 춥니다. 병신춤을 추지요. 누이의 눈꺼풀을 간절히 밀고 핏속에 난장을 틉니다. 어떤 신엄마라는 사람은 내림굿 도중에 누이에게 큰절을 하고 울지요. 누이의 두 발이 칼날 위에서 미끄러지고, 덩실덩실 춤이 춤을 먹고 누이에게서 누이를 멀리 밀어놓았습니다. 얼굴에서 얼굴이 빠져 있습니다. 나빠져 있습니다. 나—빠져 있습니다.

만남 뒤의 만남

뛰는 심장을 포개어놓습니다.
접붙인 나무와 나무의 혈에는 하얗게 굳은살이 돋습니다.
덧나지 말라고 진흙을 문지르고
아프지 말라고, 헤어지지 말라고, 조물락, 조물락
두 살을 쓸어내려줍니다.
한 몸에서 두 나무에 섞인 그림자가 기어 내려옵니다.
요망하게 뱀처럼 쉬—쉬쉬 내려옵니다.
반으로 뱀을 잘라 머리는 어디로, 꼬리는 어디로
도망쳐 나갑니다. 어디서부터가 네 심장이고
어디서부터가 내 심장인지, 귀신의 고통을 내가 앓

습니다.

누이가 나 대신 귀신을 앓습니다.

누이 그림자 옆에 내가 포개져 봅니다.

나무와 나무가 만나서 꾸지 말아야 할 꿈을 꾸고
있습니다.

죽어서도 못 잘 참 오래된 잠을 지금 자고 있는 겁
니다.

밤마다 누이를 찾아오는 귀신 A씨에게

안녕하세요. 나는 간지럼을 타지 않는 사람입니다.
아무리 태워도, 태워도 간지럼을 안 타요. 내 몸에 다
른 몸이 찾아오는데 즐겁지 않다는 것. 고통스럽지
요. 몸이 귀신입니다. 고통이 귀신입니다. 귀신 같나
요? 간지럼을 타지 않는 귀신. 감각을 잃어버린 귀
신. 형상만 보여주는 귀신. 깔깔깔. 웃지도 못하는 저
는 귀신입니다. 아니지요. 단지 간지럼을 타지 않는

사람입니다. 허나 태워 죽인 귀신은 간지럼을 탑니다. 타닥타닥 온몸에 버짐이 까맣게 일어나고, 살아 있는 모든 감각이 다 녹아 흘러내릴 때까지, 온 감각을 다해 죽었던 몸입니다. 저 귀신은 깨끗이 몸을 까맣게 칠한 단지 죽은 몸일 뿐입니다. 불을 꺼주세요. 방에 불을 끄라는 말이 아니고요. 죽기 전에 그 감각 하나만 빼앗지 말아주세요. 누이가 떠난 방, 누추한 그 방에는 필라멘트가 뚝 끊어집니다—외로운 밤이면 밤마다 누이는 손목 끊습니다— 노래를 순이처럼 부르며 손목을 끊습니다. 줄줄이 피가 손등을 타고 흐르는데 웃고 있는 누이는 간지럼을 타고 있나 봅니다. 간지럽습니다. 어디서 부적 타는 냄새가 납니다. 누이가, 누이가 왜? 머리칼을 태우고 있나요.

담

무너지라고 있는 담이 아닙니다.

바람이 붑니다. 담벼락의 낙서들이 흔들리지요.
귀신이 입김만 주고 말을 아끼고 갔습니다.
쏟아지라고 있는 담이 아닙니다.
뚫린 입이라고 저 집 처자가 귀신이 들렸다고
수군수군 가래 섞인 소문이 되라는 담은
참말로 아닙니다.
그렇게 씹고 뜯고 맛보고 즐기고 버려진
한 날, 이야기로 끝날 담이 아닙니다.
깊은 우물에 싱거운 말씀으로 맺힌 담.
술독에 흐린 구름이 지나가듯 쓴맛 나는 약담.
죄인에게 나는, 저 죄의 냄새를 지우지 못하도록
살 깊이 쑤셔대는 담.
마음 가지기 나름이라고 생살을 자르는 고통스러
운 담.
　담이 누이의 몸을 끌어안으며
목 쉰 꽃들을 언저리로 밀어놓습니다.
털부처는 한차례 병을 마친 누이의 입술처럼
얌전해집니다.

귀신이 왔다 간 다리에 담이 섭니다.

담담해진 마음으로 쓰러진 누이를 내려다보면서

미안해서 같이 쓰러집니다. 쓰러져봅니다.

길고 긴 꽃잠 들러 갑니다.

누이는 겨우 숨이 돌고 있고, 아 대신 내가 귀신 들
고 싶어라.

담은 담이 아닙니다. 농담이 아닙니다.

농담이 아니란 말씀입니다.

고통의 축제

귀신은 고통이 없다. 고통스러운 표정으로 고백만 한다. 뭐가 부끄럽니? 억울해요. 촛불 속으로 무수히 손목들을 받히고, 머리를 모서리에 받혔어요. 밖으로 피가 나는 것보다 안에서 터진 피가 더 성숙하다. 왜? 누이가 앓았던 병은 신병이니까.

신도 병을 갖나? 신은 병을 갖지 않고 병을 준다. 병을 모르는 것이 신이니까. 병신이니까.

고백이라도 들어보자. 저 로맨틱한; 나는 죽어서 당신 몸속에 병균으로 태어나고 싶어요. 누이는, 이름도 모르는 할애비, 동자신, 후궁 첩신에게 고백을 받았지. 이제 병을 얻었나? 얻지 않았다. 손목을 그은 건 누이 자신, 혼잣말로 나를 부르는 건 누이 혼자, 나는 고통스럽다.

귀신 배꼽을, 핥아봤다고? 고통스럽다. 그게 말이나 되냐? 아무래도 혼잣말은 둘이 하는 말, 혹은 셋

62

이 하는 말, 둘 간, 셋 간, 우리는

간이 아프도록 술을 마시고, 고통스럽다. 고통스러워.

아픈 걸 단순히 고통이라 부를 수 없다. 고통은 고통이고 아픈 건 아픈 거다. 배꼽이 그렇다.

뚱뚱하면 배꼽이 깊다고? 깊다; 때도 잘 낀다. 더 깊은 배꼽이었으면 좋겠고, 귀신처럼 생각이, 생각이, 자주 그쳤으면 좋겠다. 누이의 배꼽은 얕고, 누이를 생각하면 귀신 배꼽이 궁금하다.

이상하게 중독성이 있는 냄새, 나는

배꼽이 가렵다. 고백을 한다. 사람이다. 난 사람이에요? 여긴 꿈이지.

그래 꾸민 사람인 거지. 귀신은, 누이는

모르는 사람한테 고백을 받는다. 쉽게 치마를 열고 돈도 받는다. 신당에 향불을 세운다. 이제 아프지도 않아요. 병도 아니지. 병은 꼭 아프지만 아픈 건 꼭 병이 아니란다.

아니요. 병도 병신이고 아픈 것도 병신이에요. 나는 병이 싫어요.

그림자에도 배꼽이 있을까? 병균이 있을까? 몸이 아니라 빛 때문에 —그래 빛 때문이어도 좋다— 왜 곡된 그림자는 자주 병신 같다. 병신! 고백도 못하고 병신 같은 것.

왜 팔 없는 귀신, 다리 없는 귀신을 병이라 부르지 못할까?

뱀의 머리를 깨무는 꿈이 잦아 물어본 말인데, 누이에게 물어본 말인데, 나는 귀신과 병신의 차이가 여전히 궁금하고

허리가 반으로 딱 잘린 뱀이 서로 헤어진 몸을 여기, 저기, 두고, 꿈틀거린다. 살려는 건가. 죽으려는 건가. 귀신에게 고백을 하지. 살려는 건가. 죽으려는

건가.

　고백에는 고통보다 죽음이 따르나?
　나는 누이를 따르기 싫다. 아니요. 고백; 나는 내
배꼽을 미친 듯이 혐오합니다─고통이 따라도 좋다
─ 왜 누이는 할애비 제자가 되는 대신, 밤의 여자가
되었는가? 고백하세요. 사람으로 태어나서 귀신만 찾
아다니며 누이는 왜 내게 고통스럽다 고백만 하는가.
　괜찮아요. 다 괜찮아요. 얼굴은 보지 않고, 누이의
볼만 어루만지며, 병든 내 손이여.

　오래전에 죽은 사람처럼 고통이 없다. 누이가 차마
나를 보지 못하고
　나, 귀신처럼 외로워져서

증가된 공간

여덟 시에 돌아온 여자는 울고
일곱 시 반까지 남자는 담배를 피우고
여덟 시 반에서 술을 마시던 사람과
아홉 시까지 대화를 주고받는다

생각해보면 남자는 여자를 기다리다 가고
여자는 남자를 찾다가 생각을, 생각을 계속하고 간다

여유 있게 드라마를 열 시까지 보는 사람을 상상한다
서로가 상상한 서로는 한 번도 뒤바뀐 적 없는 건
실한 공동체

남자와 여자가 동거하는 방에 누가 용서라는 말을
써두고 갔다

구름이 아주 조금만 남쪽을 옮겨준다면 이곳에 검
은 바닥들은 쓸모를 가질 텐데
여자의 울음이 가진 실망감이거나 생각만 계속하는

생각들의 드라마이거나 모여 앉은 식탁은 그 절정에
도 그림자가 휜다

　여자부터 남자까지 삼십 분간 서로는 말이 없고 누
가 썼을까 우선 서로부터 오해한 뒤
　아주 오래오래, 오해한 것은 아니라고
　민감하게 상상한다

　가급적 오차는 서로 인사를 나누는 데에서 텅 비어
있고
　물을 기다리는 욕조는 남자의 드라마에게서 연락을
받지 못했다

　남자가 담배를 피우고, 여자가 기침을 하고, 기침
을 할 때마다 여자 목에서 서랍이 서너 개쯤 열리고
남자도 기침을 한다 서랍 하나가 닫히고 다시 스무
개쯤 서랍을 열 각오로, 충돌은 전진한다 여전히 그
들은 간다

소름

유리창들은 변함이 없다 변화를 두려워하거나 묵인한다 빗방울이 만지는 투명한 통증, 통증을 지나 창밖에 시선을 두고 있으면 나는 살이 가렵다

뿌연 살 밖에는 구부러진 길이 있고 길을 따라 가면 나무를 거부한 숲이 있고 그 숲, 촘촘히 엮인 그림자의 지배를 벗어날 수 없어, 깊이를 모르고

아무래도 고요와 싸우는 태양의 존재를 모르고, 나는 감각을 용서한다 시도 때도 없이 서로를 침범하는 그림자의 육체란

생각만 해도 끔찍한 것이어서 아무리 더러워져도 살 속의 격렬한 비밀들은 좀체 풀리지가 않는다 살 밖에는 우거진 숲 속

죄다 나무들이 자물쇠를 열매로 가지고 있다 빗소리에 서걱거릴 때마다 멀리, 배우지 못한 말들이 진

물로 흐르고, 내 살에서 갈증이 난 난장이들이 스멀
스멀 기어 나오고

　저 난장이들은 말을 배운 적이 없는 혀를 깨문다
날마다 제 몸에다 불을 지르고 있다

　뿌리가 탄 나무들이 풀린 나이테를 뱉고 있는데,
내 몸은 영원한 저주로 솟아야 할 텐데

　왜 자신을 연소한 그림자들은 파랗게 껍질을 벗는
가, 유리창을 긁던 빗방울의 손톱들이 부러져, 왜 애
써 잠재운 비명을 씻는가 창밖이 젖는다

　나무를 인정한 숲이 나무의 전생에게 거는 첫 마디
처럼, 바깥을 다녀온 살이 뜨겁다 거짓말로 빗방울이
유리창의 예언을 깨고 불을 지른 뒤, 내 혈관에게, 묘
비명을 쓰고 있다

　비록, 그의 말은 비문이었다

내 아름다운 지박령들; 무인 사진관

오래전에 사라진 빛이여
누군가 앉았다 간 이곳의 바람이여

한쪽 끝에서 아우성치는 입술들
정면을 응시하라는 거울의 불안감

얼굴도 없이 거리를 행려하던 새벽이
취소한 심장보다 먼저 부풀곤 했다

거울에 붙은 타원 속으로 경직을 들이미는 용기,
덜렁거리던 육체가 빛을 향해 교수형을 당하고 얼굴
과 육체가 순식간에 나눠질 때, 순간이 인화되는 동
안, 오래전부터 누군가 나를 부르던 소리, 가만히 귀
를 대고 들어보리라 나를 통과해가는 날렵한 추억들
을 유예하고 희미한 입김 뒤로 힐끗, 빈 의자를 챙겨
놓은 입속이여 외로움에 중독당하라

이곳에 분명 귀신이 왔다 갔다

내 아름다운 지박령들; 언더스터디

난간에 기대서면 부은 목젖처럼 복도 끝이 두껍다
가슴팍 주머니 속에서 필름 한 통을 꺼내자 건너편
베란다의 창들이 제 살 태우는 냄새로 환하다

서로가 서로에게 동시 상영 중인 창
익명의 필름 다발들

필름 속에 사는 사람들은 밤마다 서로에게 관객이
되어주고 있다

무언극이 건너편 건물 속으로 눈시울의 자물쇠를
풀자 난간에 기대선 남자가 영사기를 돌린다

추락한 조연의 뒤통수는 붉은 장막 위에서 펄럭거
린다 빛이 다 베끼지 못한 무대가 남자의 동공 속에
서 가만히 풀린다

모른 척 만져보고 싶은 俳優의 눈이 있다

나쁜 신앙

거짓을 말한다. 교복 입은 여자애 어깨를 만지고 싶다. 늘 내가 탐하고 싶던 어깨에는 크리넥스 화장지가 한 통씩 들어 있었지. 잡으려 하면 할수록 한 장씩 풀려나오는 희고 얇은 어깨들. 앓던 병이 지나가는 길마다 풍성한 휴지들이 바람에 날린다. 비밀스럽군, 비밀스러워. 대체 누가 고안해낸 생각일까? 나는 두루마리 휴지를 풀다가도 생각한다. 휴지를 풀어 손바닥에 감을 때마다 옮겨오는 비밀들. 풀고 나면 같은 자리에서 멈추는 휴지는 눈치채지 못할 만큼만 홀쭉해진다. 이것을 누가 중심을 따라 모여 있는 집합체라고 말할까. 혹은 중심이 비어 있다는 것이 두루마리의 형식이라고 금기를 깰 것인가. 어느 날 나는 두루마리 휴지를 전부 다 풀었다가 다시 감아본 적도 있었지. 그때 생기는 틈, 그것이 나다,라고 우기면 누가 믿어줄까. 습관적으로 나를 떠났다가 다시 돌아오곤 했던 애인, 끝끝내 미안하다며 무명천에 붙은 찢어진 제 처녀막을 내밀었을 때. 그렇지 않다면 검은 장정들에게 포박당한 아비가 각서에 지장을 찍고 난

후 느슨해진 전립선에 대해 고민할 때에도, 손바닥에 감겨 붙은 두루마리 휴지를 내밀며, 나는 생각했지. 진화하고 있는 휴지의 결이 너무나 예의가 바르다는 것과 그러므로 적당히 억압하고 있다는 것을. 다시 거짓을 말하려 한다. 교복 입은 여자애로 밑을 닦아 봤다고. 안에 있는 것들이 밖으로 흘러나오면서 휴지는 숨기기 위해서만 역사하지. 역시나 나는 한 번 흡수한 것들과 헤어질 준비가 되어 있다. 내가 탐하고 싶었던 비밀들은 질서도 있고 굴곡도 있고, 우는 자에게 울음을 멈추라고 강요하는 힘! 그 힘도 있다. 나는 휴지에 대해 명상한다. 비밀의 끝은 늘 비어 있으므로 명상의 이유가 성립될 뿐이다.

한배에서 나온 개새끼들

시계탑 꼭대기에 올라간 어미는
鐘錘에 쭈그려 앉아 그네를 탄다
서커스라면 모를까
종추 끝에서 탑 아래로 똑똑 떨어지는
어미의 취향에 대해서는 관심이 없다

배에서 긁어낸 구름이 꿈인지 생신지
정오의 메스꺼움을 돕자
낭만적으로 출렁이던 뱃가죽들 축 늘어지고
마치 남자A가 어미에게 엎드려뻗쳐를 시킬 때처럼
순식간에 종소리는 고맙다 고마워

복부는 더러운 물로 가득 차 있고
그 아름다움에 헌신하는 무엇도 모르던 아무개 아
무개들은
개처럼 활기차고 우아하다

저 발밑이 벼랑이라는 수식어를 잘라낸다면

이곳은 어미를 감동시키기에 충분하다

높은 곳에서 거룩한 이야기들이 조작되고
우리가 믿고 있던 매력은 훈련을 통해 궤변이 되고
그 많던 가슴을 잘라내고 난 밋밋한 어미에게
(나는 매일매일 짐승의 젖을 일정량 마실 것을 강
요당하고)
어떤 청자들도 부조리에 대해 논하지 말 것
어떠한 공포에도 형제가 되지는 말 것
스토리가 재완성되고
나는 시계탑 꼭대기와 마주하며 어미를 감상한다

이 마을의 수컷 數列들은 모두 시계탑을 세우려고
벽돌을 날랐다

나와 닮았다고 주장하는 噐官들에 관해 나는 관심
이 없다
서커스라면 모를까

검붉은 삼베 위에 좁쌀이 뜰 때

그 와중에도 나는 몸을 혐오했다
귀신에게 체온을 주는 일이란
나쁜 말을 처음 배우는 아이의 표정인 것만 같아
함부로 밀실을 말하기가 싫다 잊어라
부디 못 잊을 몸, 밉다 날아라, 해도
마당이 있으면 춤이나 추고 가고
배경이 있으면 목소리 대신, 곡소리로만 머물다 가라

시집가는 딸 이불 혼수에 부적을 몰래 넣어주는 여
자들의 풍습은 그 집 귀신이 되라는 말에서 숨이 차다
귀신에게 홀린 것
여길 버리고 간다고 한판 벌이는데
귀신의 알리바이로 살라는 말에 턱. 턱. 숨이 막혀
누이가 누이에게서 떠나, 춤을 춘다

어디서 저런 힘이 나오는가
몸에 집중한다 구경이 난다 구경이 났어 귀신도 열
꽃이 올라 감동하는가

뒤집힌 구름이 내 어깨를 깨물고 고장 난 나무며 지붕의 의욕이며 여길 버리고 울고 아프고 멀리 참고
뱀처럼 공중으로
차마 묻지 못한 안부 같은 것들만 스르륵 지나간다
몸에서 열이 떠나면 가장 몸에게 집중하는 순간이 와, 바깥의 사물들이 덩실방실 제 위치를 뒤엎고 최후를 반복하고, 제발
가지 마! 하는데

뒤집힌 흰자위에서 못 본 척
꿈에다 소금꽃이나 문지르고 가려고 이 못된 누이, 그러지 말고 등에 진 상여는 두고 가지 그래? 못나게 몰두하던 사람아
더 슬프기 전에 나를 임신 좀 하고 가라고, 곡소리야 춤사위야 빽, 빽 소리를 놓아본다
그 와중에도 나는 왜 귀신을 질투하지 못했나

이불 속에서 엉켜가는 붉은 얼굴을 생각하면 귀신

이 그리워지네

　꼭 한 번 안아주고 간 누이가, 솜이불만큼 두껍게

밉다

화자를 하나꼬라 부르면

집 한 채를 촛불 위에 올려놓고
神門을 두드려도 열리지 않아
버려진 사내들을 몸을 열어 받아주고
촛불에 올린 제물 불경하다
불꽃은 타오르지 않고
물은 물답게 꽃은 꽃만큼 흰다
칼날 위에 서서 부르는 이름, 화자
몇 번을 두드려도 열리지 않는 화자
봉우리가 틀 때 이미 벌 나비도 찾지 않는, 그런 꽃
촛불 위에 사는 여자
가족들 부적을 정월에 꼭 챙겨주는 여자
나의 다른 엄마라고, 나를 협박하는 꽃향기
혼잣말을 하는 사람, 하나꼬
화자를 하나꼬라 부르면 숨기고 싶은 남의 얘기 같
은 것
꽃은 불꽃보다 더 발갛고
하나꼬는 화자보다 더 여자 같다
나와 山밖에 모르는, 언제까지 그렇게

제2부

뜻밖의 귀신

어깨가 무거워졌다
노래를 부르는 동안의 어깨가

투명한 장송곡

외팔의 피아니스트가 기도를 드리기 위해 거울로
다가선다
천장 위에 모빌처럼 매달아놓은 거울
벽과 연대하지 않아, 거울은 사방을 품고 있다
방금 전까지 피아노와 접목이 되었던 그는
광합성을 꿈꾼다, 방 안에 흘러넘친 음가들은 부드
럽게
어떤 과거의 한밤중을 만지고 오는 중이다
거울은 온몸으로 건너편 벽을 자르고 돌아가면서
한 번도 경험하지 못한 빛의 음역을 만들고 있다
음악이 되어 되돌아온 꿈을 더 이상 썩히지 않기
위해
그는 외팔로 한 장의 잘린 벽을 멈춘다
사방으로 전송했던 빛을 거울의 측면으로 모으고
차갑게 식은 표면에 손바닥을 대면서
그곳에서 그는 한 점의 열을 내뿜는다
한쪽의 불구 곁으로 한쪽의 실상이 포개어진다
반이 반을 베끼면서 사라져도 도무지 멀쩡한 한 곳

이, 통각을 두드리고 있다

거울 속에서 다른 팔을 찾아 그는 기도를 청하는
중이다

잃어버린 손금을 경험하면서

골수 깊숙이 잠재운 감각을 깨운다

광합성을 끝낸 빛의 음률이, 접목된 피아노 속에서

사라진 현을 쥔 채 일제히 으르렁거리고 있다

끝끝내

그늘아. 그만 주소를 멈추고
갈비뼈에 수록된 편지들을 귀신이라 불러라.
귀신의 말을 옮겨 이곳이라 불러라. 행진을 그만
멈추고
귀신아. 어제를 오늘보다 몰래, 미안해 불러보고,
귀신아.
어미를 여자 몰래 검은 물이여, 불러보면, 그늘아.
나는 네가 아무래도 의심을 뺀 가난 같아.
내 몸이 그늘 대신 죽은 채로 여기 진다.

몸은 기분 좋지 않은 각도로 선명해지고 필체는 여
기 없는 약속같이 반만 피가 돋는구나. 할애비 제자
가 된 누이처럼, 뒤집어보면 너뿐인 춤판이, 여기 자
꾸 찢어지고만 있는데

그만하자. 귀신아. 몸에 감춘, 거듭 죽음이여. 나
를 두고, 명을 놓고, 모른 척하고, 쏟지 말고, 가라.

바깥 같은 것을 상념 말고 몸에만 집중해도 임종인데

그늘아, 너는 반란. 너는 다른 모습으로 용감하고 오기에 찬 하늘. 금기를 깬 얼굴.

기울어지지 마라. 먼저 말이 되지 말고 탈이 들지 마라.

행간이여. 말끝까지 버림받은 활자들만 가득하다고. 누워도 처소가 되지 못하고, 말해도 생시를 알 수 없으니 그늘아. 너는, 너는, 청자 따위는 찾지도 마라. 네가 가진 말의 입사각이란 이미 버린 장례식과 같은 것. 나무에서 빠져나온, 빠짐없는 앞뒤와도 같은 것.

몸에 든 귀신이 뭐가 또 가여워, 가엽다고. 누이 치맛바람이 하얘지는가 하니, 하얀 것.

그 위로 피톨들이 뛰어다니고. 그늘 없는 이 뒷모습은 그저 귀신의 옷자락인가 하고.

누군가가 지나간 느낌을, 나는 목마름이라 하리라.

나무야 춤을 추지 마라. 나의 가계 따위, 시위도 하지 마라.

　피여, 그늘아, 그래 내 것이여. 네 몸을 오래 부르다 보면

　나는 너를 소유한 흐린 매듭이거나, 늘 뿌리가 젖어 있던 나무.

　어제가 오늘 같고 오늘이 내일 같아. 귀신아. 내 몸이 귀신 같아. 비밀이구나.

　몸이여. 흐르지 마라. 참지 마라.

　때마침 퉁명스러운 여자들은 구토를 하고 심장이 얼어 죽은 눈가에 밑줄을 긋는데

　불행하게도 내 필체는 귀신의 몸을 닮아

　촛불은 사람을 향해 휘고, 그늘아, 차마 너는, 너는 결코 울어야 할 사람처럼 또 진다.

　춤아. 몸에서 몸 끝까지의 말썽이여. 마침표가 없

는 편지다. 오래오래 너와 나는 처음이다. 나는 또
　가만히. 외로워라. 열병이다. 증오와 벅찬 발가벗
음이여. 그늘아. 나의 주소가, 되지 마라. 그림자를
갖지 마라.

루돌프의 丫

　네 반짝이던 코보다 뿔을 기억해. 할애비가 숨을
놓자마자 머리 위에 심은 화분. 털 속을 기어다니는
벌레들의 견해가 너와 다르더라도 너는 자라고 있지.
자라면서 달리지. 달려! 늘 네 영혼은 너보다 앞에
있으니까. 영원한 성탄을 향해, 달리고, 달리면서 부
딪히고 찾고 또 잃어버려. 그래서 너는 丫만 귀신. 산
것도 죽은 것도 아닌 것이 생각을 머리에 이고 있는
동물, 아니 식물? 그래 丫의 동물이거나 丫의 식물.
잡으려고 하면 할수록 놓치는 그런 꿈. 꿈이 꿈을 기
억한다면. 나는 네 뿔을 기억할래. 마을 어귀 당산나
무에 금줄을, 서낭당에 양말을 걸어놓고 소원을 빌던
한때를, 촌에서 보내는 성탄을, 나는 丫만 기억할래.
마당까지 다리를 절며 나온 할애비가 양말 속이 두둑
해져서 떠나가는 밤. 영원히 닿지 못한 이브여. 기
억할래. 시간에게 지불할 것이 없어 한 발짝 물러선
낮달의 벼린 칼날에 네 뿔을 잘라 하루하루 연명할래.
생에서 기억의 반을 싹 다 지울래. 네 머리맡엔 소원
을 품은 돌들이 쌓이겠지. 그러나 양말 속을 뒤적여

보면 여전히 삶은 엉킨 실밥들처럼, 매듭진 곳에 흔적으로 지고. 치렁치렁 생각 위에 오색 천들, 복부의 통증을 오르내리고, 무당의 덩실덩실 다리들처럼, 보이는 것이 전부만은 아닌 것인데. 하룻밤 자고 일어나면 선물 대신 녹각들이 쌓여 있던 마을 어귀. 여전히 커다란 네 뿔이 자라나고 있지. 씩씩거리며 양말을 반만 신고 뿔이 나서 내가 돌아오던 날, 성탄에 한탄 많아 쓰러지신 할애비여. 드러누운 모습 그대로, ¥평생 술로 견딘 그 코. 나는 그 코를 기억해. 벌게져서 사라진 저 뿔을 기억해. 당산나무에 뿔이 걸려 소망할 틈도 없이, 여긴 심뿔 난 올가미 같은 것. 그래, 그래 말이야. 나는 기억해. 이미 생의 반을 다 소진한 사람처럼. 딱 절반만큼 생각도 못한, 내 영혼만을 기억해. 죽고 나서 산 것에 기생하러 오시는 할애비 걸음이여. 저 걸음 미워도, 미워도, 선물처럼 불룩하게 나는 기억해. 이토록 빙의된 느낌, 몰래몰래 기억해. 좀체 화가 나지 않아 큰일이지만, 나는 기억하고 기억해.

메야 메야

　메 하면 무슨 메,
　노구메 정성 다 모르고 획 돌아앉은 요부 년을 그
냥 두자니
　메야 메야 솟은 하늘

　메 하면 또 무신 메, 무신 맴으로 여기까정 왔을까나
　못난 뒷걸음질 여간 허전해서야 메야 메야

　보라! 대대손손 징글맞게 능청맞게 바치고 바친 처
자들이 바윗골에 숨어들어
　귀신들이 우우— 우우— 울고 나자빠져, 따신 밥
도 금세 허해 별수가 없는데 바윗골에 사는 대왕 대
게 양반 벼슬길도 마다하고, 마을 처자 자라기만 기
다리고 기다렸네
　아이고 대게 양반! 삼 년마다 입맛을 다셔, 게거품
을 물고, 물고, 약은 오를 대로 올라 있는지라
　양기가 날카롭게 집게발마다 벼리고 서린데

온갖 처녀 귀신들이 바위 웅덩이께에서, 진상하는 메를 노려

좋다고 메를 낚아채가는 삼 년 병든 고개가 오면

마을에는 비가 내리지 않고 사내들이 이유도 없이 푹푹 쓰러지네

옷가지만 푹 내려앉아 사라졌던 처자들은 귀신에게 빼앗긴 메

요번엔 꾹 저고리를 잠그고서 눈을 감은 곱상한 메, 메야 메야

저년의 메. 요년의 매. 비를 뿌릴 진짜 대게의 메, 이건 대체

살아도 산 것이 아닌 메, 죄다 그렇지 않은 메?

하는 목소리가 사람들의 여백으로 갈라져 나오고. 메야 메야

대게 양반, 눈을 다시 끔뻑하고 노구에 끓듯 열꽃 오른 처자들이

이날에 다리가 찢어져 죽는다, 죽는다 하고, 시체
가 떠오르면

요망한 일인지라, 남은 것들은 요부 년이라 풍문을
돌리고, 쏟아지는 비에 미처 안쓰러워할 법도 모르고
당최 이 마을엔 힘 좋은 용사가 들를 줄도 모르고, 처
녀 귀신들의 하얀 음기가 게 껍데길 다 누르도록
몇백 년간, 몇천 년간
요부들을 바치곤 했다던데

뭬야? 뭬야?
텃밭마다 스며들던 음탕한 물길이여 흰 빛 속에서
안도해가는 귀신의 깔깔거리는 핏줄이여

메 하면 또 무슨 메,
노구메 정성 다 모르고, 순진하고 똑똑한 사람들

귀신들도 대게 양반도 다 사라진 이 땅에

매년마다 노구메만 바치는 동제가 한창이다 더 참
담해진

축제가 내 몸이다

익명의 구애

청하지 않아도 작별하는 밤의 명암아.
돌이 허락한 한 뼘의 귀스러움이여.
이곳에 당을 세우라.
장군님의 제자들은 저승에게 연애를 걸고
제 살을 태우는 냄새로 노래를 견디는데
추락하는 산벌레의 한 때는 어디로 가 모여 죽는지.
나를 처음 돌아본 이여, 조금만 더디게 밤을 떠나라.

기슭에 든 옛 나라의 주인이 안개를 몰고
깜빡 비우는 소리만큼 저만치, 더 멀리 헤매고만
있으니
노래가 되지 못한 노래 속을 물어
그믐밤 나는 발 뻔 꽃에 대해 노래하리라.

얼마만큼 나간 넋이 모여야 혼이 되는가.
행선지를 모르는 나비의 잠. 꽃의 염증을 찾아
접힌 날개처럼 합장한 검정이 두 더듬이를 주검으
로 밀어 넣어도

모르는 마을의 전설은 꼭 지킬 약속만큼만 순한 발
자국을 찍고

입속에 벼린 칼을 두고 가시오.

그만 저기 서서, 오라 마시오. 밤을 건너며

쑥향을 챙겨 입은 유민들의 외투에는 죽음을 작정
한 보랏빛이 물들고 있다.

물이 타오르는 저 종점의 냄새.

만신이 껴안은 얇은 추위는 귀신의 몸뚱아릴 속여

밤새 무덤을 깨무네. 귀를 열어, 귀의 노랠 들으라고

화낼 처소도 없이 주인을 잃은 바람이 내 문풍지를
쥐고 헤어질 줄 모르니

산사에 팥을 빻아 널어놓아도 좀체 저 귀신, 그칠
줄을 몰라.

미쳤던가. 이끼 낀 혓바닥마다

짐승들의 얼굴 없는 잠이 고이는 꼴이란

잘못 들어선 진실로 꽃이 죽고, 살아 있는 것들의

행진을 멈추면

나, 죽은 감각으로 살을 만져 귀신을 들으리라. 귀
신에 들고 말리라. 짖고,

오라던 귀신 오지 않고 만신만 들어, 석등이 먼저
환하네.

저 묘한 동공과 이웃하는, 순한 아름다움에 관하여

주저하고 주저하다 저주하리라. 후드득 지는 달을
베어, 꽃 속의 칼을 차고

이제 그만 하산하라고

나는 못 지킬 다짐을 쓴다.

별똥별을 손등에 붙이고, 제자가 되기 싫으니 나를
좀 놓아달라고.

내 무덤을 찾아 나는 죽은 나에게 고백을 늘어놓
는데

산과 빙의하여 꽃처럼, 향불처럼, 제 발을 부러뜨
려놓고 나는

오래전 미래를 보네. 누가 지었는지 모를 노래에게,

혼자 피가 된 칼을 던져보면서
나는 오래오래 나를 구애하고 싶었네.

발효된 젖

나무에서 젖이 열린다
유선을 따라 벌레들이 옮겨 붙고
수십 개의 마을들이 초라한 열매를 경험한다
내밀한 숙소는 정면보다는 측면이 온순해서
젖이 계단처럼 쏟아진다 벌레들이 관계된다
두꺼운 나무는 나이테를 취소하고 싶지만 그러기엔
나무의 영역으로 들어온 처녀들이 골동품처럼 많다

방망이에 두들겨 맞아 불구가 된 남자는
나무가 가해자라고 생각할 수도 없었다
나무에게 건네받은 질긴 젖을 씹으며
나뭇가지에 괄호를 달아두고 온다
뿌리에 소변을 보고 온다
보석으로도 풀려날 수 없는 배경이라면 차라리
차라리 숙소를 잡고 책을 쓰겠다, 하고
나무에 기대서 유방 없는 어린아이만 기다리겠다,
해도
규칙은 남자가 아니라 나무가 만든다

나무가 행사한 플롯은 오독을 위한 것,

가해자로는 남을 수 없어, 절고 있는 다리로 걸어가는 길에서는

소복하게 쌓여 있던 젖이 남자를 피하고

괄호는 깨진 거울 위에 나무를 심는다

피를 담은 물조리개로 나무에게 확신을 주고

젖들이 민주적으로 그늘을 만들고 있다

깨진 거울이 반사하는 나무의 축들은 다수

진부한 단편들. 이야기가 이야기로 시작된다

방망이 끝에서 꿀이 흘러나온다

벌레와 유리 조각들은 관계된다

유선을 베어 문 규칙을 따라 공간이 증가한다

나무에서, 나무에서 요구르트가 열린다

썩으면 썩을수록 남자는 복수다

배변 활동이 증가할수록 플롯을 쥔 주인공들은

상승한다, 상승은 늘 수직이라

피해자는 가해자들에게 충실한 사랑을 주고

그 곁을 지나가는 나에게

모른 척 만져보고 싶은 괄호가 있다

시커먼 공중아, 눈가를 지나치는 혼돈 같은 교감아

창; 꿈의 건조를 위하여

창문을 열고 혀를 내민다
사랑하는 입술이 입술로부터 넘쳐, 입술밖에 없는
얼굴
입술 바깥에만 있던 얼굴
얼굴을 열어야 했다, 사랑도 없이

내 혀는 늘 실망을 대비하기 위해
젖어 있었지만
나에게 실망한 나는, 착해본 적이 없어
혓바늘을 스치며 바람이 빳빳해진다

햇빛도 없이 자라온 살갗의 안쪽은
붉고, 하얗고, 마른 혀에 깃든 체중
혀는 돌처럼 중력에 의해 떨어져야 하지만
그 깊이는
참 부드럽고 무의미한 꿈

전체에서 떨어져 나온 부분의 깊이를
때론, 믿어야 할 때가 있다

돌 속에는 저마다 경험하지 못한 꿈이 있고
물이 있고, 뒤틀린 우주가 있다

내 혀는 말을 배우는 아픔으로 다시 돌아가

무엇 때문에
휘파람을 돕는가

바람이 분다, 거역할 수 없다, 일생이여
음악의 처음은 울음이었고
울음의 처음은 짐승이었으니
말을 지배하기 위해
내 혀는 음악이 되기 전, 짐승일 필요가 있었다

창; 청춘 온도

아찔하다
빨랫줄에 앉아 있던 검은 새가
부리에서 하얀 토사물을 뱉는다
두 발을 지상에 두기 전에 흐릿했던 그림자가
천천히 짙어지고
검은 새의 몸속에서 두근거렸던 선홍빛 내장들이
하얗게 식어간다

울면서, 토하던, 몸의 것이
치약을 비틀어 짜놓은 것처럼 툭,
제 그림자마저 하얗게 뒤집어놓는 꼴이란
어떤 보이지 않는 손이 하는 짓

새는 팔이 없고, 누나는 말이 없고, 나는
망가진 얼굴에 연고를 발라주는 누나 옆에 있었다

눈꺼풀을 비비면 따갑게
불빛을 따라 기어 다니던 벌레들이 있는 힘껏
몸을 뒤집어 하혈을 하곤 했다

누나의 무명지에 묻은 하얀 햇빛이 내 얼굴에 와
닿아
없어져 번들거릴 때까지
구름은 누나의 옥탑 위로 몰려왔다 몰려가고
꽉 잠가버릴 수 없는 피의 뜨거움이란
대체, 알 수 없는 그리움에 바람이나 털어놓으면서
나는 손가락 때문에 앓고 있었다

단지, 검은 새가 날아간 자리
빨랫줄이 흔들린다
흰 그림자에 남아 있던 공중의 멀미 위로
뜨끈한 김이 올라온다

부어오른 내 얼굴은 구름과 구름 사이에 있었다

창; 검은 방정식

하늘길에 살았다
전봇대는 계단 정중앙에 기울어져 있다
전봇대가 있어야 할 곳에 계단을 만들 필요가 있었
기에
계단을 사이에 두고 창문 달린 것들에게, 불빛의
필요가 있었기에
전봇대가 먼저일까, 계단이 먼저일까

집집마다 전선을 밀어주느라
넘어질 수도 없는
하늘길에, 전봇대와 계단이 살았다

소년과 소녀는 가위바위보를 한다
계단을 한 칸씩 이동한다

비기지 않으면 서로 멀어져야만 하는 관계
이런 규칙을 누가 만들었을까

누가 내다 버린 욕조를 내 욕실로 가져오고 싶은
이런 마음은, 내 욕실이 만들었을까, 육신이 만들
었을까

지긋지긋한 스무 살은
옛 애인들의 기념일을 외우느라 바쁘고
기념할 일을 만들어본 적이 없는 나는
고백 같은 건 할 줄도 모르는 사람
처음 내 이름을 베껴 그린 날이 기억이 나지 않는다

불을 끄고 방 안에 누워 있으면
내가 이 방에 그늘이 된 느낌
방바닥 밑, 저 깊이 돌아다니는 수맥들과 정들어
잠도 이룰 수 없는, 하늘길에 살았다

남몰래 어른이 되고 싶었다
나는 대체로 비기고 싶었다

창; 매혹의 시대

고개를 난간에 내민다
무엇으로 운명을 바꿀 수 있다면
그 무엇을 어떻게 사랑할 것인가

감각의 식민지 속으로 두서없이
바람만 피운다
담배나 분다

나는 말을 배우기 싫은, 모르는 혀로 돌아가서
노래를 모르는 검은 새처럼 운다

공중의 뼛속으로 금이 들고 있다

비굴과 굴비

1

이복형은 나를 인마라 불렀다. 어디서든 이름 대신 인마가 찾아오면

나는 형이 있는 쪽으로 달려가 무릎을 꿇었다.

그때마다 꿇었던 무릎, 그 무릎을 나는 약속이라 부른다.

바닥에 불도 들지 않아 시리도록 딱딱한 약속, 아니야 다시는 안 그럴 테니 용서해달라고

모르는 죄를 고하는 약속, 새끼손가락을 거는 대신 무릎을 걸겠다고 약속하고

이복형은 인마에게 벌을 내린다.

벽에 붙은 거울은 구멍이 아니야. 그러나 거울을 보고 나는 뺨을 때린다.

거울 속에 배경으로 서 있는 형의 얼굴에 미소가 돌 때까지

한 대, 한 대 숫자를 큰 소리로 세며

인마는 내 뺨을 때렸지.

더 아플 것이라고 약속을 하고.

약속에 쥐가 나도록 최선을 다했다.

그러자 형은 웃는 대신 인마의 머리통을 때렸다.

이제 다 끝난 것이라고

인마는 웃었다.

2

변성기가 오지 않은 형은 싸가지가 없었다.

엄마는 형이 없을 때만 형을 다루는 데 불편을 토했다. 나도 토했다. 눈물 나게 맞지 않으면 눈물을 만들려고 입에 손을 넣고 토했다.

그때마다 엄마 옆에는 인마가 있었다.

집에서 인마는 어디서든 다루기 쉬운 약속이었고 형이고 엄마고 할 것 없이 내가 인마, 전마, 얌마가 될 때마다, 나는 목이 쉰 형의 목소리를 상상했다.

아빠는 이복형의 머리를 자주 쓰다듬었고 형은 개처럼 잘도 웃었다.

엄마는 오늘 저녁 식사를 할 때도 나를 제일 늦게 부를 것이다. 그런데 여기서

개자식 ―

이복형은 아빠를 곧잘 따르다가도 방문을 닫고 들어가면 아빠를 개자식이라 부른다. 개자식을 아빠라고 부르지 않는다.

방문 너머로 다 듣고도 아빠는, 못 들은 척 안심을 한다.

엄마는 조용히 주방에서 굴비를 굽는다. 생선을 많이 먹어야 욕도 잘한다고

굴비 살 속에 숨어 있던 물기들이 기름에 타는 소리, 몸속에 챙겨둔 물들이 타는 냄새가 온 방 안을 흥분시켰다.

가시를 말해주지 않아도 이복형은 굴비를 잘 발라 먹는다. 또 아무리 흥분이 되더라도 차근차근 형은, 절대 나를 개자식이라 부르지 않는다.

3

인마는 무릎을 꿇고 약속을 한다. 다시는 생선을 먹지 않겠어. 다시는 인마라 불리지 않겠어. 다시는 무릎 꿇지 않겠어. 인마가 일어선다. 일어서니 훌쩍 자라 밖이 보인다.

창밖에는
야 인마, 개자식아 하고 아빠 멱살을 잡고 때리는, 모르는 남자들

이복형은 단숨에 남자들 앞으로 달려가 튼튼해진 무릎을 꿇었다. 다 약속된 포즈였다.

방화범이 지은 집

불을 놓으면서 사내는 옷장의 복부에 관해 생각한다

뿌연 이중창 속 침대로 걸어가는 아이의 실루엣을 생각한다

나팔꽃처럼 번지던 한 송이의 불빛이, 바깥을 향해 조용히 흔들릴 때

풀어놓은 불이 사납게 방 안을 짖으며 날뛸 때

눈 없는 인형이 춤을 추기 시작할 때

몸 안팎에 챙겨놓은 사물의 색과 연기들이 떠오르면서, 순결해질 때

주검보다 먼저 사내에게 악수를 청하는 것에 대해 생각한다

죽은 줄만 알았던 범인이 진실을 뒤집어 밟고 걸어올 때

걸어 다니면서 온몸으로 구두 자국을 찍는 느낌표와 날마다 추방당할 곳으로 기어 들어가는 검은 외투에 관하여 생각한다

범인 얼굴을 물음표로 만드는 사건이 축 하고 옷걸이에 늘어질 때

서로가 서로에게 좀더 견고한 손잡이가 되어줄 때

옷장에 숨어든 아이에 대해 생각한다

옷장 속에서 다리를 끌어안고 고개를 무릎 속으로
침몰시키는, 아이의 긴 잠에 대해 생각한다

살이 고요를 향해 녹아가는 것을 생각한다

범인이 씩, 웃음을 짓는 착란에 관해 생각한다

불길과 사내가 침묵할 때

불길하게 불길이란, 서로에게 얼굴 없는 청자가
될 때

옷장 속 아이 몸에 달라붙은 인형이 툭 떨어졌을 때

주검을 수습하면서 생각한다

수습되지 않는, 다른 주검의 집에 관해 생각한다

떠내려온 얼굴

계곡물이 바위의 이름을 부숴 산 밑까지 자갈을 흘리고 갔다오.

무엇 때문에 간밤, 울음이 산 중턱까지 기어 올라와 심지를 꽂아두고 왔는지.

촛불처럼 다투고 있는 장승의 긴 얼굴이 반으로 딱 쪼개졌다오.

저수지에 물이 불어 둥둥 뒤통수가 솟아오르면, 화들짝 사람이 모이고, 사람보다 더 많은 말들이 모이고, 배고파도 나불대는 혓바닥이 모이는데. 여보시오. 목구멍에서부터 북소리가 난다오.

장승의 이름을 부숴도 그저 나무는 나무.

나무의 이름을 부수면 수백 가지 벌레의 이름들이 기어 나오더라, 한다오.

자— 거기 웬일인가.

하필이면 뒤틀린 소나무 속 꺼낸 얼굴이, 고집스런 새벽으로 솟아나는 것.

구경꾼들은 철없이 원통해서 서로의 혀를 의심했
다오.
　저수지의 수면 위로 잠시 맺혔다 사라지는 감투,
동공 없는 낱말들의 싸움을 닮은 치열
　죽은 자도 취소한다던 사람들의 말이 부서져 이 마
을을 감싸고 있다오,

　저수지에 비친 저 장승은 얼굴이 다쳐서 감동한 얼굴
　몸은 버리고 얼굴로만 얼굴인 현실, 피시시— 피
시시—
　이리 행차하실 거라면 연통이나 놓으시지요.

　벼슬 버린 박 정승 댁 죽은 누이의 얼굴이 이곳에
서 다시 서낭을 세운다오.
　물이라는 것에 붙어 제 모습 저질러버리고 가는 구
름들 모가지를 땅바닥에 박은 채
　지체 높으신 대장군님, 대장군님 천하대장군님 오
셨는데. 아픈지 화가 났는지 웃는지 웃는 얼굴, 왔다

오. 오셨다오.

만신이 반쪽 얼굴 앞에서 춤을 춘다오.

신당을 만들고 더 참담해지면 오너라. 마음을 만들고, 참을 만큼의 믿음을 만들고, 힘을 만들고, 피시시— 어련하시겠습니까. 온다오.

그들의 혀가 정승을 장승처럼 모신다오.

이미 잃을 것도 버릴 것도 없이 통곡하며 웃는다오,

성주신보다 배부르게, 조왕신보다 음탕하게.

물끄러미 서로를 업신여겨, 우리 모두, 기쁘다오.

寄港第

바다를 향해

남자A의 죽음을 여행이라 부르기 시작했다면; 아
비의 연애편지가 나를 태어나게 한 최초의 문장이었
다는 것을 들켜버렸다면, 나는 첨탑의 용도와 교회당
의 관계에 관해, 떨어져나간 모자이크 무늬가 담당했
던, 마리아의 한쪽 뺨에 관해, 말하리라.

말하고 나면; 급소를 찔린 하늘과 축 늘어진 구름
이 있고, 눈이 가려운 마을 사람들은 구름을 긁다가,
제 뒤통수에 손가락이 닿을 때까지 구멍이 뚫린 얼굴,
오염된 성수로 얼린 어린 작부의 눈동자가 촛농처럼
녹는다.

눈먼 자가 바다에 불을 켠다면; 남자A의 여행은 전
설이 되고, 허공은 매일매일 다르게 죽어가기 위해
편도로만 구름을 제조하고, 바다를 향해 쭈욱 짜낸
물감이 말라가는 동안 오월은 저만치 더 다가오고,

어린 작부를 향해 내리갈길 손찌검이 남자A의 한쪽 뺨에서 쏟아져 나올 때, 그림의 눈을 가만히 쓸어내리는 손이 있다.

그런 손이 있다면; 그리다 만 인물화의 두 눈이 남자A의 얼굴을 찾아가 모른 듯이 떨리고, 그리지 못한 표정을 생각했던 손의 주인이 실종되었을 때, 편지의 필체가 기억나지 않아 다행일 때가 있었다.

구름의 장례가 다행이라면; 동공 속 찰랑거리는, 편지의 잘못 적힌 철자들에 관해, 한 곳을 버리고 또 한 곳을 선택한 남자A의 무책임에 관해, 낭떠러지에 떨어진 낭만을 길어 올리는 무뚝뚝함은 잠수부 눈에 차오르는 물, 차오르는 눈이 있겠다.

그렇게 항해하는 눈이 있다면; 바다가 차오르는 수경 속 없는 잠수부의 눈을 생각한다면, 용서가 용서를 겪고, 그리지 못한 눈이 바다를 겪게 된다면, 바다

를 향해, 바다를 향해, 신도 없는 종교처럼 누군가는
태어나겠다.

  누군가가 태어난다면; 바다를 향해, 바다를 향해

巫

벌레야 벌레야 무당벌레야
네 날개에는 귀신이 들려 있단다
두 더듬이에는 북소리
칠성방울 숨기고
저 초록에서 이 초록으로
무덤 나갈 채비를 하며, 벌레야 벌레야
무당춤아 난단다
비록 너는, 나는 것뿐이란다
어깻죽지에 너를 버린
수상한 기운처럼
귀신 들린 허공이 마냥, 무겁고
외롭단다

착

굴의 배꼽을 반으로 가르자
박제된 나비들이 퇴적되어 있다

신 것, 신 것이 먹고 싶어요

나비의 날개를 하나 떼어다가
사형수의 입속으로 터뜨려주는 간수의 손

눈물에 달라붙은 복면과 몰아쉬는 숨소리
역류하는 시큼한 어둠, 육체를 온전히 다 느끼는
고요한 당분간

바둥바둥 펄럭거리던 나비가
날개를 합장하듯이 착, 접고 있다

(어머니는 컴배트를 사 오셨다)

I (개념이다)

에테르에 중독된 (　　)[1]가 표본실에
누워 있다 흉부의 주름들이 질서 정연하
게 뒤틀려 있다 오래전에 알을 낳는 법
을 상실한 그는 땅과 가까운 살부터 딱
딱해진 상태, 지붕과 바닥이 서로를 배
반한다면 외출한 가족들은 하나하나 돌
아오지 않을 것이다 모두들 젖은 더듬이
로 끈끈하게 비어 있을 것이다 죽검 직
전을 그대로 간직한 몸의 중심부에서 빛
나는 바늘 하나가 시간의 정점을 관통하
고 무겁고 딱딱한 시간 속, 숨을 쉬지 않
으시고 (　　)[2]여! 돌아오지 않는, 어머
니는 컴배트를 사 오셨다

i (집 속의 집이란 늘 그렇듯 빈집의 개념이다 집 속
의 뿌리란 늘 그렇듯 헛뿌리의 개념이다 집 속의 문이

124

란 늘 그렇듯 바람의 개념이다 집 속의 집이란 간혹 그
렇기도 했을 이해의 개념이다 ~~어떤 개념들~~)

Ⅱ (얼마나 편리한가)

일찍이 어머니는 이솝우화 대신 계몽
사 곤충 도감을 펴고 벌레 채집법에 대
해 일러주셨다 귀가 닳도록, 손끝에 풀
물 드는 것을 두려워하면 평생 3단 잠자
리채 사용법을 깨치지 못할 거라고 뒤뜰
에 쑥을 캐러 가는 날이면 나는 펄쩍펄쩍
벌레 잡는 시늉을 해야 했다 그러다가 가
끔은 뛰지 않는 벌레 대신 내가 벌써 어
머니 손에 잡힌 벌레였고 돌이켜보면 벌
레를 마땅히 잡아야 할 이유도 없었지만
(   )[3]도 펄쩍. 펄쩍. 이미 다 자란 벌
레라서 어머니는 컴배트를 사 오셨다

ⅱ (얼마나 편리한가, 이미 다 지어진 집을 붙인다는

것이 얼마나 편리한가, 이미 다 만들어진 집을 부순다는

것이 얼마나 편리한가, 이미 다 지어진 집을 배운다는

것이 얼마나 편리한가, 이미 다 지어진 집을 가르친다는

것이 얼마나 편리한가, 이미 다 지어진 집을 가로챈다는

것이 ~~어런 것이 거시기처럼 거시기~~)

Ⅲ (알아채지 못했다)

　　　　(　　　)[4]가 떠난 납작한 집은 지붕과

바닥이 뒤집힌 형태라서 어머니와 나는

머리가 자주 무거웠다 (　　　)[5]가 처음

이 집을 지으실 때도 망치가 떨어져 머

리를 다칠 뻔했었다고, 물려받은 집을

또 어디다 붙일까 궁리하다 어머니, 뒤

집힌 집에 벽마다 약을 발라 (　　　)[6]가

126

돌아오길 기다리시며, 컴배트를 사 오셨
다 다시 음습한 봄이면 나는 흐르는 벽
을 핥아 하루가 다르게 자라났고 조금씩
에테르에 중독되었다 이제 나도 집을 짓
고 싶어 망치를 들자, 어머니는 컴배트
를 사 오셨다

iii (그때는 이미 집 속에 집을 여러 채 짓고 난 뒤라
서 어느 집에 누가 사는지 아무도 알아채지 못했다 옛
날 옛적 짐승들은 힘이 없으면 하지도 못했다 연못에
쑤셔 박은 녹슨 못은 못된 것만 못했다 아, 저 못난 좆
대가리들 알아채지 못했다[7])

※ **컴배트 사용법에 대한 고백**

1) 헛바닥은 하나라서 둘이 되지 못해 늘 비밀스러웠
   는데

   다른 입속에 다른 혀를 만날 것을 생각하며

   시간이라는 명사를 떠돌게 만들었는데 입술을 떠
   다니는 공기의 온도 속에서

   나는 느낄 것이다 손가락 사이를 비껴가는 빛처럼

   여우비가 햇빛 사이로 쏟아지는 여름의 틈

   서로를 감염시키는 돌림병이 음악처럼

   돌고 돌고 있다는 위기를

   〔……〕

   오므린 헛바닥처럼 잠들고 싶다

                       ──「파우스트가 아끼던 청진기」 부분

2) 카메라 렌즈 속에서 태어난 개미는 자궁이라는 형
   식이 원래 딱딱하다고 느꼈을지도 모른다 나는 할
   아버지가 아버지에게 전해준 낯선 문장일 뿐인데

순간의 빛은 다른 우주에서 살다 온 눈꺼풀들이라
고 이 작은 방을 깜빡, 바깥에게 들킬 때마다 예민
한 더듬이가 더 먼 바깥으로 어둠을 민다

얼굴 속에 숨어 있던 얼굴을 발견하는 것처럼, 하
루 악몽 속에서 백 년을 살다 온 사람이 자신의 몸
속으로 기차를 타고 갔던 몇 년간의 여행기처럼,
사진 어느 모서리에 화석으로 남은 개미는 산 목
숨도 죽은 목숨도 아니지만 죽기 직전에야 배 속
에 화석으로 남은 아이를 발견한 노파처럼,

가만히 눈을 쓸어내리며 부르르 몸을 떤다 방 안
에서 개미는 그때쯤 알았을까 카메라 렌즈마다 물
이 흘러나오고 있다는 것을, 개미는 아무래도 들
키지 않으려는 형식이다

——「투명한 요람」 부분

3) 어젯밤에 우리 아빠가
　 다정하신 모습으로 한 손에는 크레파스를
　 사 가지고 오셨어요

　 군용박스를 열었더니
　 스물여덟 발 탄환에서 파라핀 향내가 확 후각을
덮쳤어요
　 박스 표면에는 로봇이 칼을 들이밀고 있었고요

　 참을 수 없을 만큼 다정하신 아빠는
　 왕년엔 잘나가는 총잡이셨지요 하지만
　 나에게 사냥법을 가르치신 분은 엄마였어요

　 〔……〕

　 희미하게, 규칙적으로,
　 한 손에는 권총을 들고 나뭇잎을 타고 놀았죠 음음!
　 어쨌든 나는 아빠의 구두를 물려 신을 거예요 음음!

그날부터 엄마와의 합방이 시작되었지요

——「크레파스 콤플렉스」 부분

4) 나는 일인칭이라서 이인칭을 닮은 당신을 삼인칭,
 인칭 대신 그것이라 부르며 슬펐지
　감정이 없는 존재들 당신, 그때 나에게서 왜 전속
력으로 달아나야 했는지

　어떤 후회가 헬륨 풍선처럼
　당신 몸속 갈비뼈를 지나, 떠올라, 목소리를 바꾸
며 우스워지고 있었는지
　우체국 계단 앞에서 내 가슴팍에 당신 집 주소를
쓰는 날이면
　우연히 알겠지 내가 보이지 않게 조금씩 다가가고
있다는 사실을
　심장을 꺼내 사이렌처럼 머리 위에 달고

너에게 가며 나는 죽고 있어

—「비인칭」 전문

5) 우리는 멀리 있는 것들은 쉽게 밤이라고 불렀으며
소원을 빌기도 전에 별똥별이 떨어지는 것은 어쩌
면, 먼 시간의 별빛 대신 가만히 있던 지구가 휘청
거려서일지도 모른다고…… 나는 밀봉한 당신 핏
줄 사이에 귀를 대고 몽롱해진다 작정하고 의심이
많아지는 시간이었다 명백하지가 않다고

—「불타는 기린」 부분

6) 빨래판에
어머니와 아버지와 나와 누나를 같이 비비면서

똥과 오줌이 같이 마렵다며
망설이는 누나랑 나는 어떤 것이 먼저인지 몰라

우리 속옷도

어머니와 아버지와 나와 누나를 같이 비비면서

빨래판을 달리는 잠시 우리였던 것들 중학교 때까

지 어머니 아버지는 아침마다

내 고추를 쥐고 비틀었다

그래서

단 한 번도 지각을 해본 적이 없다

—「A 아들아 a」 부분

7) 괄호에서 아비가 떠났다

—「당신이라는 인칭대명사」 부분

하룻밤 새 깨비 깨비 허투루 살다 와보니

촌에서 촌으로, 빈집에 온몸 구겨 넣은 하얗고 하
얀 날이었소. 수수떡에 돼지고기 지글지글 기름 장에
찍어 먹고, 메밀묵에 막걸리 서너 사발 쫀득하게 오
래 씹고, 기다려도, 기다려도 촌에는, 촌에는 인기척
도 오질 않아. 누가 이 밤에 반딧불을 피우고 있나.
아니 반딧불은 고사하고 촛불도 흔들리는 이 집에,
문이란 문 다 막아놓았는데 무시무시 불이 휘는 방향
이 있네. 나는 양반네, 양반네, 되어 에헴 하는 어른
이었고, 이 집의 가솔들은 시중을 들고 촌으로, 촌으
로 장난 많은 도선생이 납시셨네. 하룻밤 자고 일어
나면 지붕 위에 황소가 올라가 있고, 엎어놓은 솥뚜
껑에서 커다란 쥐가 나와 뒷산 앞산, 아이고야. 선산
을 옮기고 있고, 저기, 저기 오래된 빗자루 좀 보그
라. 닭은 돼지 소리, 돼지는 오리 소리, 오리는 산턱
에 가부좌 튼 원두막을 오리고 가네. 곳간에 쌀알들
이 하루아침에 돌이 되고, 가솔들이 그 돌로 나를 험
하고, 저녁나절 옮겨온 마른 나무는 소가 여물인 줄
알고 쩍쩍 씹어대다 쓰러지고, 혓바늘, 날바늘, 쑥바

늘 돌아 풀썩 주저앉아 거덜나고, 오시오, 오시오. 그만 화 좀 풀고 가시오. 가라고, 애써, 뵐 낯도 없이 빼꼼 얼굴만 내미는데, 도선생이 하시는 말씀, 나랑 씨름이나 한판 두자 했지. 힘은 황소요, 눈은 이글거리는 불덩이인데, 내 어찌 유리창만큼이나 깨지지 않을 수 있겠소. 밤새 고목나무를 쥐고 씨름을 청하는 바보 천치, 따라지가 어디 있겠소. 다시 빼꼼 여기 있소. 나도 몰래 말을 걸고. 양반네 어른님네 에헴 하던 내가 내가, 축 촛농처럼 흘러내려버리는데. 메밀묵 한 접시에 마음 푸시오. 아님 내가 노래라도 해드리리다. 그만, 그만 방망이질 그만 두시고 내 노래 듣고 기분 푸시오. 노래를 한 자락 하고 나니, 삼 일이 지나가고. 노래를 한 번 더 하라 하여, 낮도 없이 밤뿐인 삼 일, 또 삼 일, 두 자락, 세 자락 노래만 하다 보니. 삼 년, 삼십 년, 폭삭 내가 다 늙어버렸네. 허, 허, 쿨룩, 쿨룩 이제 그만하시오. 말할 기운도 없소. 도선생이 깔깔거리며 내가 이겼다, 내가 이겼다, 푸른 빛, 붉은 빛, 외따로이 밝히고 있네. 나는 이제 어찌할꼬. 기력도 쇠하고 이미 늙어 죽을 몸. 하얀 날, 하얀 날만 보고 싶다 하니, 어디 하루가 장난 같은 죽음이로다. 나쁜 피, 좋은 피, 쓰으— 잔치처럼 긋고 가는 별이 오늘 난장이어라. 피가 솟아 난투하여라. 순식간 화아악 갠 앞뒤가 어데서 왔나 어데서 왔을까? 두툭, 두툭, 다 낡은 짚신짝이 떨어져 모양이 빠지고, 나는 탈을 쓴 얼굴처럼 배탈이 나 있었네. 나 있었어. 나 있었어. 죽으려던 것이 장난이었던가. 이미 다 살아낸 손목에서 팥죽 같은 피가 철철철. 철철철철— 혼이 들고 몸이 들고 눈 뜨면 나는 여기. 몸은 저기. 아. 아. 저승 구경 잘 하고 왔소이다. 살아내시오. 살아. 나 죽기 전에 많이 외롭더이다.

구멍들

　러시안 룰렛을 생각하는 밤이라고 쓰자 여기서부터
얼굴에는 구멍이 일곱 개, 돌아오지 않을 저곳까지는
단 한 개의 구멍만으로도 충분하다

　나는 내 전생의 죽음은 자살이라 예감한다, 거창하
고 좋다

　어제 먹은 연탄구이집 주먹고기, 신물만 올라오는
목구멍의 안부가 궁금해지고, 소변을 보고 나면 마음
이 허전하다 나는 연탄에 대해 지불할 추억이 변변찮
고, 주먹에 대해서는 더더욱 기대할 것이 없어서, 불
길을 가진 구멍만을 생각한다 엄청 두들겨 맞고 기어
온 구멍 난 얼굴, 그 얼굴만을 생각한다

　쓰러지지 않는다고 급소를 차였지 축구를 좋아하던
사람이 또 얼굴을 축구공처럼 찼다 구멍이 났을까
　8연발 권총에다 약실을 하나를 두고 탄창을 휘리릭
돌린다 기억은 지워지지 않는다

어머니는 코뼈가 주저앉은 내 얼굴을 보면서 아무것도 묻지 않고 울기만 한다 방문 밖에는 반찬 통을 정리하는 소리, 헌데 왜 자꾸 잘 먹지도 않는 연근 반찬만 해주실까 꽃을 쥐고 있던 진흙 속의 뿌리, 제 안에 흰 살들을 챙겨두고 긴장하고 있던 그것, 나는 단한 번도 연근을 뿌리라고 생각한 적이 없다

방아쇠나 당기자, 우선 거울 좀 보고, 망가진 얼굴

머리도 감지 않았구나 어제 먹은 주먹고기가 온몸을 주먹으로 찌르는 것 같다 맞고서도 사과하러 가야했던 길, 가더라도 씻고 가야지 냉장고에서 썩을 연근조림도 모두 다 버리고 가야지 권총을 내려놓고 샤워기를 튼다 수십 개의 구멍 속에서 물발이 쏟아진다

가는 물줄기들이 샤워기 안에서 집합하면서 내게 집합을 요구했던 선배나 선생이란 사람들, 이유를 알

수 없는 죄가 합쳐진다, 망가진다, 기운 타일 바닥 중
심으로, 수챗구멍으로 흘러내린다 왜 자꾸 구멍들은
구멍들끼리 어깨동무를 할까, 구멍으로부터 구멍까지
가 너무 징그럽다

　샤워기의 허드렛물을 다 받아 마시면 나답게 죽을
수가 있지 않을까 그들의 확률을 따라 권총에 방아쇠
를 당겼더라면, 여기서 헤어지고, 여기에 아주 작은
구멍이 나지 않을까 괜히

　죽지도 못하면서, 구멍 뚫린 입이라고 입을 연다
　맛없는 연근 반찬에 매달려 있던, 연꽃의 행방이
궁금한 밤이다

나침반의 기후

  손목을 수평선에 올려두고 눈을 감는다 이제 겨우
물소리가 들리고 있다 해안의 한 굴곡이 파르르 떨렸
다가 멈추고, 땅에서 멀어질수록 옅어지는 그늘이 지
붕 없는 방을 향해 맴돈다 가벼워지기 위해, 모르는
곳에서 바람은 양팔을 벌리고 손목을 만났다 도드라
져 나온 떨림에게서, 나는 나를 밀어내야 했던 수평
을 예감했으리라 이곳의 새들은 모두 두 개의 심장을
가지고 있다 평형에 관해 집중하는 것. 손목이 심장
을 빌려와 쓴다 중심을 잃지 않으려고 사랑했던 한
끝을 자주 혐오했다 새들은 몸속으로 수없이 바늘을
들였고 날개 끝의 심장은 허공과 헤어지면서 허공을
건딘다 저것은 유연한 표본, 나는 그제야 감은 눈 속
을 채우고 있는 선홍의 빛을 보았다 그 속을 뛰어드
는 검은 움직임들과 한 곳에 모여 길을 내는, 피의 항
해를 영혼이라 불렀다 파르르, 몸에서 먼 곳으로부터
뜨거운 체온이 불어왔다 내 검은자에서 풀려 나온 바
다는 눈의 부력을 물어다가 여백을 채운다 하염없이
양끝을 겪게 된 바람이 꿈의 맥을 짚고, 정해진 곳을

향해 모르는 병명 같은 것들을 준다 손목에서는 파도
가 치고 있다 새들의 폐로 들어온 햇살이 바람의 피
를 지나 깃털에게 색을 주는 일, 헌 옷에 엉겨 붙는
햇살의 장력과 내 몸이 닿아 정전기를 일으키는 일,
살아 있다 흔한 우연에는 부피가 없다 한 곳을 응시
하고 뒷모습의 소인도 없이, 안부를 묻는 길이 궁금
하다 내 몸속으로 바늘 하나가 들어와 있는 경력, 아
무것도 할 수 없다 오랫동안 견디지 못할 꿈같은 평형
이여 용서하라 나의 자기장은 지독하게 목이 마르다

俳優 8; 형태론

유리는 땀을 흘리지 않고 욕조는 배수구에서 벗어
나지 못한다
물거품들이 가지는 연대감이랄까 하는 것들은
누군가 잘못 왔다 간 환영처럼 불쾌하고
구멍의 형태를 뿌리로 두고 있는 욕조 따위의 것들만
나는 생각한다 고로 나는, 나쁘다
우호적인 물거품들은 서로의 어깨에서 빌려온
순식간에 왔다 간 무지개를 품고
소거하고 나면, 청결을 요구하는 몸은 대체로 허구
같다
아침이면 옷 입은 여자가 찾아와 옷을 갈아입고 가고
배수구에 머리칼을 엉켜놓고 간다
물과 섞이지 않는 것들은 욕조 아니라 구멍에, 뿌
리를 남긴다
욕조는 생각한다
무지개 앞을 서성거리다 헤어지는 꿈
유리는 뿌리를 갖지 않고 거울은 바깥을 뿌리로 두
고 있다

거울은 늘 타인이 필요하다, 나는 고로 타인이 필요 없다

타일의 속성은 욕조이거나 유리이거나 거울이나 늘 젖어 있어

내 중심을 잡고 있던 허리가 쿵

미끄러질 각오를 한다, 사랑했을까, 그럴 때도

무지개는 잠시 왔다가 갔을까

나는 아침이면 어제부터 흘린 땀을 씻는다

닦는다는 이유로 입으로도 거품을 물고 있다

바닥은 늘 미끄럽고, 욕조는 늘 한쪽으로 기울어져 있어

물이 나를 감각하고, 고로 나는 감각이다

욕조는 뿌리가 없어서 있다

이사를 가도 들쳐 메고 갈 수 없는 오 나의 욕조여, 가지고 싶은 이름이여

제발 좀, 나약하게 있어라, 사랑했을까

결혼 홈쇼핑

주문한 남편을 생각합니다 새벽이 무서워 손톱 끝
에 봉숭아 꽃물 들이며 홈쇼핑을 켜지요 몸속에 물관
들이 단단히 차오르고 새 남편의 그림자가 잉크처럼
번집니다 세 시간을 잤을 뿐인데 꿈속에서 삼 년을
산 것 같은, 헛것들과 허튼 꿈만 꾸고 놀다 갑자기 밀
린 빨래가 생각난 듯, 엉킨 몸들 사이에서 제 몸 찾아
건조대로 가지요

몸에 집게 자국만 깊게 남아도
잃어버린 것들을 참아내야 할 시간

방들이 헬륨 풍선처럼 떠오르고 있는데 누가 갈비
뼈 아래로 꾹꾹 초인종을 누르나요? 어젯밤 새 남편
들의 가슴 근육을 누르던 중매쟁이 쇼 호스트처럼 띵
동— 띵동— 내부로 흐르는 작은 떨림, 수화기를 들
자마자 결혼 행진곡을 듣습니다 가라앉은 폭죽 냄새
를 휘저으며 금방, 울 것 같다고 온몸 떨지요

구입한 남편 이력이 전국 방방곡곡 텔레비전 전파를 타고 전송되면 전화 한 통의 짧은 연애, 오래 간직하고 싶은데 그렇게 지불한 시간은 반품도 안 된다지요 사용해보시고 선택하란 말 다 거짓말이야 남편이 쾅쾅쾅 자꾸 문을 두드리는데 두려워, 꽃을 참을 수 없어 활짝 홈쇼핑을 켭니다

　문밖에서 새 남편이 패키지로 데려온 작은 손, 딸아이면 어떻고 아들이면 어때요 자동주문전화가 보내준 남편인데요

　현관문을 잡고 망설입니다 몸이 열리기도 전에 배달될 남편만 생각하던 새벽 이렇게 꽃물 든 몸속에다 집을 짓지요 주문한 절반의 생을 잡지 못해, 웃으며 결혼 행진곡을 흥얼거리는 표정, 시들기로 작정한 꽃처럼 흽니다

아비 디스크 조각모음記

　아비의 허리가 덜 바른 시멘트처럼 무너졌을 때 안
방에 LCD 모니터가 꺼지는 날이었어요 가루로 날리
던 굳은 척수가 봄꽃보다 먼저 핀 선산에서, 쓰러진
목소리들이 피어오르는 그런 날이었지요 사뿐히 흐르
던 바람이 징검돌처럼 아이콘 몇 개 방바닥에 띄울
때 나, 몰래 가보았지요 그 능선 아래로, 열병 난 컴
퓨터가 조각난 아비 허리를 끼워 맞추고 있더랍니다

　꼬리뼈부터 간지럽게 아지랑이 피어오르며 분해되
는 조각들 몇몇은 휴지통으로, 몇몇은 아비가 바르다
만 시멘트 벽으로 풀풀 봄볕 좋아 날리는 마음, 제 집
하나 갖는 게 소원이라던 소목장이 아비는 휜 못처럼
척추를 잃어버려 집 안에서도 물렁물렁해졌다던데,
그 물렁한 눈빛 속에 들어가보면 아비만 척추를 잃은
것이 아니더랍니다 중심을 잃어버린 것들이 저마다 곧
게 서서 서로가 중심이라고 싸우는 꼴이 여간 사나워

　저 저 공장 굴뚝 좀 봐라

146

불빛을 제 혈관으로 흘려보내는 입간판들 곧게 선
것은 어떻고

　하여도, 장지 날 축대 하나 세울 여력 없는 가계는
참 물렁물렁 부드럽고 포근했지요 상여차가 천장에
사이렌을 달고 급히 당도한 곳, 정리를 마친 디스크
조각들이 처음 제자리를 찾은 그 빈 곳, 이제는 속도
를 내고 가시겠군요 내 아비! 날아간 몇 조각이 모니
터 속 허공을 채우고 빈자리는 감은 눈꺼풀 속처럼
어두웠던 것이라 벽을 지고 들어가시는 연체동물, 나
는 보지도 못했지요 초기화된 바람이 아비 눈자위에
흰 구름을 불러 모으고 있어요

뎁득이의 변

환장을 혔지. 환장을 혔어. 가뭄이여. 무엇 얻어먹을 것 있다고 여까지 왔소. 서서 죽은 건 지상의 죄요. 누워서 죽는 건 인간다운 인명인디, 천명을 거스르고 천상으로 승하지 못하니. 꼭 장승 꼴로 서 있는 저, 저, 저놈 좀 보소. 요 양물 좀 보소. 앙칼스러운 옹녀 년 앞에 서서 죽어 불경한 몸, 벌떡 선 낯짝 좀 보소. 이리 와 보소. 세간에 떠돌지도 못하는 난처한 고것은 鬼面이 되고, 이 땅에 얼굴 없는 이들의 탈이 되고, 이 산, 저 산 공갈치며 신이 되려 하니, 이제 누가 이를 막으리오. 거웃같이 어지러운 구름들이 숲을 감싸고, 노망난 년 젖살같이 풀섶에 미물들이 지린 오줌내 찢어발기고, 살살 체온을 풀어주는데. 이놈의 얼굴이 자꾸만 익살을 떨고 몰매 맞아 죽을 년이 사람을 모으네. 귀신도 아니고, 사람을 모아. 얼굴을 땔감으로 궁둥짝 시린 곳을 다독이고 나니. 몇백 년 묵은 장승의 얼굴이 버석— 무너지는 밤이오. 문풍지로 가리면 백주대낮도 아따, 밤이네 그려. 자네 무당이든가. 당골이든가. 허허, 그래봤자 속 좁은 계

148

집. 계곡에 물이나 돋아 먹이나 감는 옹녀가 아니시오. 무엇이 댁들의 권좌에 그이를 오르게 하여, 비를 그치나? 하고, 밭 갈던 곳, 그친 곳에 배곯은 귀신들이 농기구에 녹으로 스며들어 사는 꼴, 꼴사납다 꼬라지가 나네. 꼬라지가 났어. 박수가 고를 치고, 풍각쟁이 넬름넬름 바람 공기 떠다니는 얼굴, 엉망진창애무를 하는데, 이에 질 수 없다. 마하반야바라밀다 싫다, 관뒤라, 중놈아, 그치고, 얼씨구절씨구, 거지놈도 어절씨구저절씨구, 어쭈구리, 주저앉네. 환장을 헜는가. 환장을 헌 게야. 뭐 뜯어먹을 것이 있다고 장승이 되려는 놈, 눕혀 마음을 쓰나? 뜨끈한 귀신의 얼굴을 부지깽이로 쑤시고, 부서진 얼굴 돌에 가서 가라앉은 뼈가 되니, 한 날은 당신 뼈가 부서지도록 참으로 따뜻했겠네. 따뜻혔어. 그려. 그래도 어찌 마을을 지탱하던 얼굴이 단숨에, 하룻밤 체온으로 챙겨 그칠 열이 되는가. 솜이불에 엉켜 붙는 낯 두꺼운 꼴 좀 보소, 노랑내 쿰쿰하게 붙어먹는 년놈들이 가계를 돌보지 않고 건달 되는 꼴을 보라. 보소. 놀아보자는 것이 아니라 살아보자는 것인데, 믿어 그리워하자는 것뿐인데, 여기 손가락 쪽쪽 빨고, 기우제 대신 여우 눈물로 국이나 끓여놓자, 거시기, 사는 게 사는 것 때문이라네. 그렇다면 나는 왜? 장승을 눕히고, 그 요망한 뿌리를 가루로 졌던 것이야. 누워 죽는 게 질서라면 서서 죽는 것은 질문이란 말이네. 너는 나는, 뜬금없이 환장을 혀서, 옹녀 그이에게로 이리 왔단 말인가. 단단한 고것을 가루지고 장을 치르는데 좀처럼 옹녀 년 질문은 열리지 않고, 우리의 질문은 늘 잠기고 있네, 그려. 여보게나 가뭄이여— 나도 댁도 잘 쉬다 가는가. 잘 놀다 간 게야. 거북 등껍질 거북하게 만들어놓고 다시 고요하지, 그런 게야. 나는 대책이 되기 싫구, 주책이 되고 싶어 떠난다네, 참말. 참말이네. 참말. 뿌리 든 게 법도라니? 환장할 노릇이네, 참말.

俳優 4: 경외심

'코끼리가 코가 길다'
코끼리는 코 때문에 코끼리일까?
끼리끼리 살다가 끼리끼리 죽어서
코끼리일까?

내 문장에는 주어가 둘일까?
내가 둘일까?

'박성준이가 성준이가 길다'이거나 '박성준이가 박
가 길다'라 하면
비문일까? 오문일까?

부럽다 저 코끼리
코피 나게 쪽쪽 빨아줘야지

다른 경우를 생각해도 좋다? 좋을까?

'나는 손금이 없다'

‘나는 없다’ ‘손금이 없다’

동일할까? 일동— 할까? 차렷!

이참에 ‘박손금’으로 이름을 바꿔볼까? 보일까?

박손금은 손금이 없다
나는 네가 없다

나는 귀신이다

제3부

몸에 占을 갖고 싶은 새들

새는 알을 깨고 나오기 전까지
그림자를 갖지 못한다

척추에는 공터가 가득하고 내장에 든 바람에게는
발목이 없다 날아가면서 말을 갖는다는 것은 허공에
서 만들어진 근육으로 의사를 교환하는 일

날갯죽지에 쌓아둔 말은 늘 건강하고
새는 이동함으로써 함구한다

새는 그 선천성부터가 감각뿐이라, 알을 낳고 배설
하는 사건만으로도 살아 있다

(간혹 어떤 새는 말 대신 토를 하고 싶은 속성도
있다)

새는 나는 동안에만 그림자를 갖지만
새의 그림자는 날아가지 못한다

돼지표 본드

유리잔에 깨진 손잡이를 붙이다가
본드의 빵빵하게 부른 배를 만진다
벌러덩 뒤집힌 코를 잘 막아두지 않아
폭식성에 찌든 누런 군침들이 본드 입구에 말라붙
어 있다
짧은 다리에서 흘러나온 끈끈한 길
돼지가 무거운 발을 내딛고 있는 걸까
누런 고무 화합물이 살 굽는 냄새로
목 비튼 지문을 간직하고 떨어져 나간다
돼지의 걸음 뒤로 유리잔과 손잡이는
서로 잊었던 시간을 지운다, 감정도 없는
축축한 살을 꼭 껴안고만 있다
식탐이 말라붙은 환각 속에서
짧은 목으로 돼지가 먼 하늘을 되뇌어본다
머리 위에서부터 망명한 저 바람은
알프스 동굴까지 외치*— 외치! 굳은 몸을 부르며
살찐 미라의 주검 직전 표정을 돼지에게 문질러놓
았다

감긴 눈꺼풀 사이에서 잃어버린 웃음들이 흘러나
온다
  물렁물렁한 살 안쪽을 쭉 쥐어짤 때마다
  식육점 갈고리에 두고 온 몸이 달그락거리고
  흔들리는 오후 한때가 본드 주둥이 끝에서 굳어가
고 있다
  저 차갑고 허전한 육체
  얼마나 맛있게 굳어갈 주검의 준비 과정인지
  돼지는 울음소리 한 번 내지 않고 기꺼이 틈이 된다
  유리잔과 손잡이 사이 얼어붙은 강줄기가
  웃다 멈춘 순간의 눈꺼풀만큼이나 단단하다

  * 세계에서 가장 오래된, 살이 찐 미라.

157

매력적인 오답 2

풍선 몇 개가 부유하는 허공에 피 묻은 활을 쏘고 싶을 때 좀더 구체적으로 지금껏 어머니가 만들어준 음식들의 레시피가 아버지 발톱이었다는 것을 알게 됐을 때도 그도 아니라면 애인에게 n번째 남자인 내가 n^n의 길을 뚫고 극소량의 환각을 혈관 속으로 흘려 내보낼 때 교미에 들어갔을 때 교미가 끝나고 뿌연 거울에 축축한 나를 손바닥으로 문질렀을 때 증명당하고 있는 내 얼굴이 아무래도 윤리적이지 못해서 주민등록증을 우체통에 버리고 온다? 며칠간 돌아오지 않을 나를 생각하고 보니 자꾸 웃음이 나 적은 돈으로 일찍 술에 취하는 방법에 대해 고민도 해보고 좋아 항문이 그렇게 좋다지? 흡수도 빠르고, 밤마다 소주병과 나만 아는 애널이 시작됐을 때 사랑해 누구보다 나와 바깥 사이에 이 태엽을 사랑해 취했다고 항문으로 마신 술의 숙취가 여간 깨지 않아 허공을 올려다보고 침을 뱉을 때 내가 건 주문이 퉤— 하고 다시 툭 돌아왔을 때 똥 묻은 화살을 풍선처럼 부푼 얼굴에 쏘아버리고 싶을 때 펑 하고 터지는 거추장스러

158

운 생각들이 유쾌해질 때까지 딸을 잡고 싶을 때 필
요한 만큼의 시일이 지난 뒤에도 돌아오지 않는 주민
등록증이 나를 불안하게 할 때 항문으로 마시다 남은
술을 애인이 냉장고에서 꺼내 마실 때 나발을 불 때
개 꼬리가 개를 흔든다 개 꼬리가 개를 들어 개 꼬리
가 개를 흔든다

잠복기

애인의 전화가 오지 않은 동안에만 애인을 사랑
한다

전화를 하지 않는 애인은

내가 전화를 할 때까지 모르는 애인이고,
내가 사랑하는 애인은 내게

영영 허락이 닿지 않을 연락이다

놀라운 먼 곳에게 동의를 구하다가
나는 이목구비가 분명한 애인과 유사한 고요를
떠올렸다

                    *

습관은 얼마나 나쁜 높이인가
예감한다는 것은 내일이 사라진다는 것은

수상한 손이 그린 풍경화

오지 않을 것에 대해 무심해진다

괜찮다고 열심히 웃는 애인의 미소가
간격마다 넘치고, 흘러내리는 램프 속

겨울 발자국의 고해를
부탁하지 않은 외로움을

누추한 두 손으로는 모두 받아 안을 수 없다
오지 않을 만큼만 함부로 황홀해지는
옷에 남은 냄새들

붙잡아왔던 것들이 붙잡힌다

*

빈 방의 힘줄을 쥐고 전화벨이 울린다
외로움이 조금 흔들렸다

주저흔

숲이 나를 불렀으니 이제 좁은 몸속
옷장에 걸려 있는 바람들
흐물거리는 빗장뼈를 밤의 내부로 가라앉히네
두꺼운 승모근이 옷걸이마다 붙잡고 있던 바람
꼬리 아홉 개 달린 별똥별
여우야 가지마 가지마 나는 밤을 만지려고
그림자에 스며들어 누웠네
뻐꾸기시계를 끌어안고 잠든 사내가
옷장으로 들어가 바람이 되었다는 소문과
그 소문에 오독당한 귀들이 떠오르네
나사가 삐걱거리는 내 복부를 열어젖히고
보았을까 그런 밤의 축축한 잔해들
헐거하는 울음들이 무릎 꿇은 바람을 일으켜
여우 굴에 벽화를 그리네, 밤과 내통한 빛이 그리워
내 갈비뼈, 어두운 물속에서 가만히 떠올랐던가
울음이 악보를 찾아가듯 숲이 밤을 찾아가
어두운 옷장 속 빈 것들이 나를 기다리네
깜빡깜빡 허공을 긋고 가는 저 불빛들

에게해

애인의 얼굴을 보고 쓴다. 아무것도 생각이 나지 않는 얼굴. 참 비문학적으로 생겼다. 그런 점을 생각해보며, 애인에게 점을 찍어보라 주문을 하는데, 애인은 제 얼굴에 점을 찾아 찍으면서도, 늘 내 그런 점이 싫다고 한다. 그런 점? 점을 찍는 위치는 대체로 점을 비켜나간다. 아주 문학적으로, 나는 애인의 그런 점이 좋다. 그런 점? 우리는 그런 점을 몰라 그런 점 때문에 자주 싸우고, 그런 점을 생각해볼 때면 그런 점에 관해서 우린 매우 철학적이다.

홉. 홉. 배를 찌른다. 배에는 점이 없는 애인. 아무것도 생각하지 않아도 유심히 바라보면 싫어지는 배. 그런 점이 없는 배를 애인이 싫다고 한다. 이것은 문학적인 결론이지만 문학적이진 않다.

그런 점이 없는 배가 나도 가끔은 싫다. 꾹 배를 누르면 신경을 쓰지 않아도 꼭 배꼽 자리를 나는 찍고, 웃음이 나는 점. 구멍이 나 있는 점. 그러나 애인에겐 늘 괴로운 점. 배꼽은 좀처럼 아무것도 생각나지 않은 점이다. 사과 꼭지 같은 배꼽. 그런 이파리가 없는 상실감이란 전혀 문학적이지 않은 상실이겠지. 대체로 배꼽을 쑤시고 가는 내 손가락은 태연한 애인의 배를 기대한 적이 없다. 좀더 철학적으로

곰인형의 배를 눌러본다. 오래전 내가 녹음한 목소리를 품고 있는 배. 언젠가 당신을 꼭 한 번 임신하고 싶었던 적이 있다고 고백을 했다. 가끔 애인을 엄마라 잘못 부르면 애인은 내 그런 점을 사랑하고, 애인도 나를 엄마라 잘못 불렀

으면 좋을 때가 있다. 비문학적인 우연
은 대체로 문학적인 결과를 통해서, 서
로에게 어떤 점을 준다. 점을 갖는다. 나
를 처음 사랑한다고 말해준 건 곰 인형
의 배꼽. 내가 녹음한 사랑한단 말. 옛
애인에게 가야 했던 말을 애인이 듣는다.
삐치는 애인은 다분히 감상적이고, 나는
나의 스토리에 관해 만족한다. 우리는
서로 이런 점을 사랑한다. 모호한 건 철
학적이다.

　아무것도 생각 않고 당신의 벨을 누르
는 손이 있다. 긴 시간의 통화. 핸드폰만
큼 뜨거워지지 못하는 서로의 대화가 자
주 아무런 쓸모를 가지지 못할 때. 볼은
뜨겁다. 애인은 내 얼굴을 보고 참 비문
학적으로 생겼다고 독설을 하고, 나는
속으로는 그런 말을 하는 애인이 사실

더 좋다. 싸운다. 얼굴의 점이 쏟아질 것
처럼 얼굴을 붉히고 우리는 가끔 싸우는
척. 적당히 져줄 것을 알면서도 울고 미
안해하고 흡. 흡. 배를 찔러서 웃게도 한
다. 연애가 비문학적이라서 삶은 참 문
학적이고, 섹스는 우리에게 단 한 번은
철학적이고, 우리는 뭐 그런 점을 공유
하면서, 아무것도 생각이 나지 않는 얼
굴을 보고, 싸우고, 나는 아무것도 아닌
것을 쓴다.

가끔씩 못생긴 애인에게 큰 감동을 하
면서.

기대심

스카치 테이프를 뜯는다

가까운 속눈썹을 여기, 떨림이라고 두고
나는 한쪽으로만 집착할 각오로 발목을 자른다

이유가 어찌 성립되었든
마스카라 뷰러로 칼을 갈았거나 눈을 감아 얼굴에
능선을 만드는 일
눈에 혈통을 묻는 일, 다시 말해
잘린 발목으로 당신 속눈썹을 반만 붙잡는 일
감금한 내 몸 일부를 팽팽하게 당겨 소거하고, 당
신의 시선 쪽으로 발자국을 놓는다

황색 몸에서 떨어져 나가는 각질들이 흰색을 띠는
것처럼
본래에서 색을 절충한, 투명은 붙잡을 것이 있어,
투명은 투명

투명한 피를 흘리는 나는 얇거나 지나치다
돌아보는 길을 돌려다가 대답을 만들고
끈적한 너는 바라봄으로써 날을 세운다
칼을 물고
발에게 피를 묻고, 나는 대답이 없다

준비된 곁으로 나는 한 번은 부딪힐 이유이다

그만, 그만, 너를 붙인다
의도하지 않아도 지문이 남아 있다

덧니

문을 잠그고 나면, 꼭 당겨본다

문은 열리지 않으려는 힘으로 나를 붙잡고
나는 당겨지려는 힘으로, 내내 시시해져서, 더 시
시하게
문에게 안심을 준다

이갈이를 해야 했던 어린 시절, 나는 내 입속과 방
문에 실을 매달고 누군가 내 방문을 열어주기를 기다
렸다

되도록 가까운 사람이
되도록 가장 아프게

인기척은 문의 심장처럼, 왔다

그때마다 왜 종이컵 수화기를 떠올렸는지

차례, 차례 변심해가는 먼 내일에 대해 생각한다

너는 문의 안쪽 너는 답이 빤한 난센스
너는 할 수 없이, 수수께끼

말해도 서로 절대 몰라줄 사태로
우리는 팽팽해져서는, 팽팽해진다

단순하게, 누군가 날 꼭 잊어주길 바랐다

되도록
포개지면서, 포개보면서

에선 똥냄새가 나는데. 애비 없는 놈 집에는 항상 담배가 있었지요 나도 언젠가 그 집에 가서 팔팔을

미를 태우고 있었습니다 물 한 잔 꿀떡꿀떡 삼키면 된대요 다 씻어진대요 씻어야 된대요 어저께 담배

연기는 오줌으로 나오거나 똥으로 나오는 거래요

Feeding: 좌변기에 퐁당 빠진 장미향 똥이나 팔팔 끓어오르는 오줌 냄새를 상상했어요 그러나 아무런

냄새도 나지 않았답니다 풀장은 냄새를 만들지 않는 넓은 화장실이죠 수영장의 물은 다 오줌이야! 애비

없는 놈이 부르르 몸을 떨며 말을 걸고. 사모님은 뜨끈한 물길을 따라 헤엄을 치지요 개장 시간 내내

늘씬한 몸매로 자신감이 넘치던 사모님. 우리 사모님은 찌찌가 넓어서 풀장에 빠진 모든 아이들의 엄마

가 되어줍니다 그보다 더 자신감이 넘치는 할머니는 노브라지요

ADHD: 소풍날 에미가 따라온 친구들은 자주 아파서. 전화를 주고 결석을 합니다 모두 졸업식 때 개

근상을 받아요 소풍 기념사진에 얼굴이 없는 나는 정근상을 받습니다 사모님 젖이 뭉개지도록 안겨 울

지요 할머니는 사모님을 질투합니다 밤새 설사가 나를 참지 못하고 쏟아졌어요 사모님 품에서는 담배

냄새가 나요

俳優 5 ; Montage

Montage: 물 한 잔 쉬지 않고 꿀떡꿀떡 삼키면 된대요 소풍 가서 찍은 사진에는 얼굴이 없어요 엄마 대신 할머니가 따라온 소풍은 잘못된 거라고 내 김밥을 씹으며 원장님이 말했죠 잘못된 할머니를 가르쳐준 원장님은 꾸벅 할머니께 인사를 합니다

Anxiety disorder: 민속촌도 아닌데 수영장에 할머니랑 왔어요 비키니를 입어달라고 졸랐다가 정말 비키니를 입고 나오는 할머니를 상상했어요 그뿐만이 아니랍니다 원장님. 사모님을 사모님이라 부르면 똥꼬가 간지럽지요 사모님을 사모님이라 부르지 못하고 할머니를 왜. 어이. 아가씨~라 부르지 못하니? 꽃무늬 비키니를 입은 사모님은 원장님을 향해 손을 흔들고 있습니다 어이. 어이. 사모님~ 나는 그 곁에서 실컷 물질을 하면서. 풀장에 나른하게 오줌을 싸지요

Adrenaline: 할머니는 원장님과 풀장 밖에서 담배를 서로 나눠 피우고 있어요 꿀떡꿀떡 똥꼬처럼 할머니는 입술을 모아요 한 모금. 조용히. 힘껏! 세상 모든 말들을 태우고 있습니다 자꾸 원장님 입

173

수증기

내일 오후, 애인이 떠나면서 선물한 벽지로 그는
도배를 할 것인가

그들은 서로에게 던지는 평서문에 대해 고민을 하
는가

선량하다 이악스럽다 해맑게 억세다 삐뚤빼뚤 피가
흐른다? 무슨 말을 시작해야 좋을까

다정한 주름 밖으로 성대를 잘라낸 개처럼 편안하
게 웃는 것, 그들에겐 부족한 것은 없는가

목이 마를 때면 송곳으로 방바닥에 애인은 그의 이
름을 긁어주곤 하는지

그들은 서로에게 무능해서 착한 사람들

왜 이별은 가벼워지기 위해 뿌리가 길까

174

대학 문학상

시를 열심히 쓰던 동기들은 모두 어머니가 아팠다. 암부터 관절염까지, 최근에 흰머리가 늘었다는 것도 쉽게 병으로 바뀌었다. 한 날 술자리에서

가장 아픈 엄마를 가진 동기가 더 좋은 시를 쓸 수 있다고 우리는 은연중에 동의했다. 우리는 좋은 시를 쓰고 싶었다. 서로가 서로의 불행을 부러워하면서, 읽고, 찢고, 마셨다.

담배를 피울 때도 침 뱉는 연습이 중요했다. 몇 밀 리짜리 담배인지가 중요한 녀석, 얼마나 더 많이 읽었다고 제목을 잘 외우는 녀석, 인디 음악에 미쳐 있는 녀석, 영화와 시를 착각하는 녀석, 풀이름, 꽃 이름을 잘 아는 녀석, 녀석들.

녀석들은 모두 좋은 시를 썼다.

엄마가 아팠으니까.

우리는 서로가 모르는 부분만 걸러 듣고, 더 새로운 것을 알고 있어야 좋은 시를 쓴다고 생각했다. 덜

아픈 엄마를 더 아프게 생각하면서 우리는 모두 절실해졌다.

때문에 더 새롭지 않으면 덜 새로운 시를 쓰고 있다고 믿었다. 자신이 덜 새로워질까 봐, 말을 아끼는 동기들이 늘어났다.

형식적으로 그들은 모두 엄마가 아팠다. 모두 시골 출생이었고, 흡연자였다.

책 제목과 영화 제목과 음악 제목과 풀이름, 꽃 이름에 미쳐 있는, 이름에 미쳐 있는 그들, 시보다 제목이 더 근사했다.

자신의 시는 내용이 형식을 압도하는 형식이라고, 서로 다른 사투리를 쓰면서, 서울말도 여기선 쉽게 사투리가 되면서, 서로의 담배를 돌려 피웠다. 축축했다. 너무나도 증상이 같은 엄마와 너무나도 같은 병을 앓는 시간이 계속되었다.

열심히 투고하던 동기들은 공평하게 서류 봉투를
나눠 가졌고, 늘 항상 이번이 마지막이라고 생각했다.
　그들은 늘 술을 마셨다. 연말연시에 더 심했다. 시
에서 누구보다 밀고 당기기를 잘했고, 치고 빠지기를
잘했다.

　과방에서 책을 태우다가 불을 내기도 했다. 과방
복도에 소화기를 뿌려 학교에 대자보가 붙기도 했었
다. 그들은 서로가 범인이라고 자랑을 하고, 그 거짓
말을 들어주면서 더 진지하고, 친해졌다.

　그리고 등단자가 나타났다.
　우리의 모임이 해산되었다.

　시인은 덜 새로운 시를 쓰기 위해 담배를 끊었고,
그제야 우리의 아픈 엄마가 더 예뻐 보이기 시작했다.

아 80년대산 같은 귀신 (같지도 않은) 이야기

#
나는 옛 애인에게 학을 접어줬다. 우리 80년대 같
지 않니?
다 먹은 츄파춥스통에 가득, 종이학이 엉켜 있고,
우린 우리라는 말을 쓴다.

머리 위, 박을 향해 콩주머니를 던지는 아이들
서로 이기려고 애를 쓴다. 모두 모래를 많이 마셨다.

우리?
공통점을 찾아보면 80년대에 태어났다는 것. 80년
대산 같은 것.

운동회 전날은 항상 비가 온대, 학교에 귀신 들어
서 그렇대.
이승복이 찢어진 입으로 걸어 다니고, 세종대왕께
서는 책을 넘겨 학교가 망하는 날을 점치는 비가 오
는 날이지. 아니, 나는 좀 달라. 80년대에는 여기 이

운동장이 저수지였다지. 연못을 메우고 연못 서쪽에
학교를 지었다고 연서국민학교.

　그래, 우리
　국민학교를 다닌 사인데, 80년대 같은 것, 아 80년
대 같은 것, 정말

　줄다리기도 이긴 청군이 박도 먼저 터뜨렸다지.
　'즐거운 점심'이라고 쓴 현수막이 흘러내려온다.
'식사하세요'를 기다리는 백군.
　아무리 박을 터뜨리려 해도 박은 터지지 않고,
　백군 박이 터지지 않으면, 청군도 밥을 먹을 수 없
다. 없다던데.

　학 접어서 주는 건 쌍팔년에도 없던 이벤트라고.
　쌍팔년에 태어난 애인이 쌍팔년을 논하는 80년대
같은 것, 아니 80년대를 다 살아본 것 같은 것.

부모가 찾아오지 못하는 아이들은 청군이든 백군이든 집에 가서 식사를 하고, 즐거운 식사를 하고, 운동장을 가로질러 돌아오는 길, 펄럭이는 만국기를 동경한다.

그나저나 내가 접은 종이학들은 지금 어디쯤을 향해 날고 있을까.

소원을 들어준다는 천 마리의 학.
소원은 천천히
공통점을 찾아보면 80년대에 태어났다는 것뿐

\#
애인은 시시콜콜한 괴담 따위 치우고 얼굴 가까이에 두 손을 모으고
귀신 흉내를 낸다.
귀신 손가락으로 허공에다 피아노를 치는 척 이히히히히.

80년대산 전설의 고향, 토요 미스테리 극장, 이야기 속으로의 귀신들은 꼭 저런 손을 하고 있어.

이히히히히 슬픈데 웃긴 울음. 손가락을 자꾸 교차하면서 놀람을 바랐지. 피아노를 치는 것처럼 말이야. 바이엘까지 책임지는 보급형 영창 피아노를 작은 방에 두고, 피아노의 건반을 누르던 애인들의 옛 손가락, 지금은 아무것도 기억이 나지 않지.

그 건반 아래 가라앉은 먼지들은 어디쯤을 유영하고 있을까. 어디에서 멈춰 쌓일까.

굴렁쇠 소년은 장가를 가고, 국민 여동생들은 이제 종이학 속에 적힌 내용 따위를 궁금해하지도 않는다. 우리의 소원은 같아지거나 사라져서 나눌 수 있었고, 나는 자주 소원에 대해 이야기를 하고 싶었다.

\#

아주 조심스럽게 양쪽 힘을 같이 줘야 돼.
쌍쌍이 모여 있는 우리들

지금 애인은 옛 애인에게 준 종이학을 질투하고
나는 그런 말을 괜히 꺼냈다가 후회를 하고
애인은 한 손으로만 귀신 흉내를 낸다.

아 저것은 성의 없는 귀신

아 아 저것도 80년대산
하나도 안 무서운 80년대산

언제 적 쌍쌍바라고 아직도 쌍쌍바가 나오나?
우리는 쌍쌍바를 잘도 찢는다.

아주 좁아진 운동장에서 아이들은 계속 운동회를
열고 만국기 앞에서 다짐을 한다.

그러면서 나도 다짐을 해.

역시, 그래도 귀신은 정말 있다.

조금은 성의 없이 있지만

엘리베이터에는 터가 없다

갈 곳이 마땅치 않았지만, 움직일 수밖에 없었소.
오늘도 나는 집으로 돌아가는 길이었고 내가 사는 집은
웬만한 야산보단 높지만 나무뿌리 하나가 쥐고 있는
흙의 질량보다는 가벼운 곳, 풍선처럼 허공에 둥둥 떠다니는 방
집과 가까워질수록 뿌리 없는 집들이
내 키 높이를 따라 다시 낮아지고 있다는 걸, 아직
모른단 말이오? 외출이 두렵소. 허공에 친숙한 내 집이
내가 외출을 하자마자 떠다니다가, 떠다니다가
영영 돌아오지 않을 것 같아 당신! 당신을 내 집 곁에 두었지만
그 덕에 나는 이별하는 법을 먼저 배우고 있소.
기다리지도 않았는데 찾아오는 그런 버릇이라고
어쩔 것이오. 하루하루 층과 층 사이
간격을 묵인하고 헤어진다는 것.
그래서 당신 타고 움직일 때마다 내가 흐느낀다는 것.

두꺼운 벽도 모자라 빽빽이 가구를 밀어 넣고
벽과 멀어져야 잠이 들 수밖에 없는 나는
이곳에서 가장 잘 적응한 한 층에 지나지 않소. 허나
궁금하오. 어두운 복도 끝 당신 입속에 감춰진 비밀!
아파트의 흐르는 척추, 당신
당신이 진정 머무는 곳이 어딘지.
왜 난 당신 몸속에서 이별을 상상할 수밖에 없는지.
오늘도 내 집은 그 곁에 잘 있는지. 아무래도
당신은 분명 여기 있지만 또는 여기 없소.

俳優 2; 의미론

□

면봉으로 귀를 후비면 피가 났다 상고로 전학 간
누나는 일기를 쓰기 시작했고 나는 말수가 적었다 수
맥이 흐르는 쪽으로 누우면 안 된다고 침대 이 층을
누나에게 양보한 후, 나는 꿈도 꾸지 않았다

꼭 쌀 포대 같아,
아래층에서 매트 밑면을 뜯다가
수맥을 주워 덮고 잠이 들면
모르는 할아버지와 나는, 누나 흉을 보곤 했다

◇

종종 이 층에서 몰래 잠을 자다가 이마빡에 멍이
들기도 했었지만 그때마다 모르도록 귀가 아팠다

누나는 스타킹을 신고 나갔다가 자주 스타킹을 벗
고 돌아오곤 했다 위층 올 풀린 포대, 그런 퍼즐 속에
는 녹슨 스프링이 있었다 건강해 보였다 몸에 요란한

소리를 챙겨두고 있는 것들은 일정한 간격과 구불거
림으로 포근했다 다 예정된 것이었다

ㅋ

매트 위에서만 누나는 착한 냄새가 났다
그때쯤 나는 고추를 쥐고 자다가 누나한테 걸려 운
적도 있지만
울 일이 생겼다는 것은 태어나는 일이었다
나, 태어날 때도 태어난 게 부끄러워
주먹을 불끈 쥐고 울었다

ㅋ′

냉장고 중간 신선칸에는 엄마와 누나가 나눠 쓰는
생리대로 가득했다 아빠가 그걸 만지는 걸 딱 한 번
목격한 적이 있다

ㅁ′

립스틱을 바르고 나서 입술 끝을 정리하고 난 후

면봉에 남아 있는 누나 입술, 말이 없었다
나는 포경수술도 안 한 고추에
누나 책상 위 널브러진 면봉을 모두 한 번씩
꾹—쪽 넣었다가 빼본 적이 있다
그럴 때면 이상하게 나는 조금 더 자라 있었다

◇´

나는 누나 일기장에 크레파스로 낙서를 한 적이 많
았다
사건을 저지른 그날 밤이면 엄마한테 혼이 났다
누난 아직 들어오지도 않았는데 나는 뺨을 맞았다

아빠는 내게 자꾸 목욕을 하자고 했는데, 난 귀에
피가 나서
뜨거운 것이 싫다고 했다
사실은 피보다 아빠 몸이 부끄러웠다
아빠가 부끄러워서 운 적은 없다

∀

나의 신분은
아래층에서 잠을 자는 착한 「나」였다

내가 빼낸 위층 매트 마감재, 그러니까 올 풀린 퍼
즐이 기다랗게 내 얼굴로 내려오곤 했었는데 아무리
퍼즐을 풀어도 위에서 자는 누나를 볼 수가 없었다
대신에 수맥을 잘 견디는 체질이 되었다

∀′

침대에 사는 할아버지 이야기를 했다가 나는 치료
를 받았다
침대에 사는 할아버지 이야기를 했다가 누나는 신
을 받았다

189

담배를 피우는 코미디언

벌칙을 받아요 머리가 벗겨지고 주름이 많은 순서
대로, 늙은 놈은 뺨을 맞고 젊은 놈이 뺨을 치지요 할
리우드스럽게 늙은 것이 쓰러지고 있어요 영영 일어
나지 않을 것 같은 동공, 무대가 성립되지 않아요

겨드랑이 털을 라이터로 지지는 건 너무 가혹하지
않나요? 곧이어 줄줄이 매듭진 고무줄이 관객석까지
더 길게 늘어지고, 눈을 질끈 감은 늙은 놈이 폭소와
박수를 불러옵니다

왜 우리는 벌칙을 감사하게 받아야 하는지, 퇴근한
코미디언들은 아내에게 똑같은 벌칙을 내리지요 라이
터를 쥔 주먹이 아내의 쇄골을 찌릅니다 킬킬킬 웃음
이 나도 박수를 치면 나빠요

멍든 허벅지 속으로 지퍼 내린 고통이 돌진합니다
검붉은 아내는 늙은 코미디언을 위해 쓰러집니다 웃
음에 오르가슴을 느끼고, 늙은이의 엉덩이를 짝짝 쳐

대고 있지요

　벌칙 뒤에는 늘 박수가 따라옵니다 더 큰 벌칙을
준다면 더 큰 박수가 따라오지요 코미디언의 아들은
태어난 것이 가장 큰 벌칙, 어디서 웃어야 할지 모르
는 관객, 임신한 아내가 달수를 훨씬 지나 아들을 쥐
고 쓰러졌는데 저 늙은이는 박수를 치지요

　옆으로 넘긴 소갈머리가 나풀거리며, 어서 일어나!
엄마는 더 이상의 벌칙이 싫다고, 독하게, 아득하게,
일어서서 아이를 낳았지요

　두들겨 맞은 아비가 무대에서 일어나지 못하자 아
비는 더 큰 벌칙을 생각하는 아들을 무서워했어요 여
기 조연부터 다시 시작하라고, 아비는 겨드랑이를 긁
으며 당부한 적이 있지만

　벌칙을 쥐리라, 아들은 젊은 놈들이 되기 위해 사

납게도 자라고, 남은 엄마는 입술에 라이터로 불을
놓아 아비를 흉내 내지요 담배 필터가 타들어가는 젖
꼭지처럼, 입속이 축축해지고 있어요 살아서, 사는
동안 그들은, 사이좋게 벌칙을 받아요 할리우드스럽
게 박수를 치고 웃으며

어? 탁! 하고 눈을 뜰 때

화선지의 일정한 결이 참돔만을 기다린다
식은 핏줄들이 일어선 손등 위로 먹물이 튀고
증발하고 있던 몸이 어 엇!
오래된 기왓장처럼 어긋나고 있다
떠오르기 직전 내려놓았을 뿌연 물속 잔상들과
마지막 헐떡이던 숨소리
선홍의 아가미로 모여들었던 공기들은
비린내를 껴안고 짠물을 흘린다. 탁. 탁. 탁. 탁.
노인이 긴장한 어체를 지그시 엄지로 누른다
아직 몸 어딘가에 숨어 있는 심장박동
진찰하듯이 차가운 솜방망이로 어체를 두드리는데
내부에서 수만 년째 물소리를 흘리던
비린 냄새 같은 것이, 물에 대한 친화력 같은 것이
화선지에 어둠으로 번지고 있다
어 엇! 몸 안쪽으로 가시를 휘게 하는 것은
죽은 몸이 간직하는 번짐의 힘이다
자개농 아래 찌를 물고 퍼덕이던 노인
주름진 눈꺼풀을 쓸어내릴 때마다

링거 방울이 떨어지고 수면 위로 빈 눈을 들이민다
투망하지 못한 음영들이
향불 꺾이는 쪽으로 쓰러진다
함몰된 눈동자 속 검은 공기들이 조용히 부푼다
해안선만큼 몸 안쪽으로 파도가 밀려온다 탁. 탁.
맥박처럼 가는 붓끝, 어탁의 눈을 그려 넣는다

혀의 진술

죽기 전에 나는 산을 모으고 있으리라
지상의 절정은 필요한 만큼만 절벽을 엎지르고 노
래와 허공은 수없이 갈등하는데, 보라
골짜기 근처 잎사귀들이 후련하게 물줄기를 향해
휘는 것
밤의 뿌리가 대책도 없이 출혈하고 있는 저 표정
땅으로 스며든 음악의 경이로움에 관해 나는 두 귀
를 묻는다

숲의 두개골을 향해 쏟아지는 폭포의 타오름이여
뿌리의 이빨 사이로 모여든 젖은 흙의 친화력이여
짐짝같이 엉킨 검붉은 선지들이 액체의 즐거움을
반역한 죄로, 몫이 없는 목숨이 되고 있다
만신들이 돌 속을 흉내 내기 위해 향을 피우고 바
람은 여기서 음악 대신 육체를 갖는데
나는 단지 어떤 짐승을 향한 가라앉음만 보고 있네

고백을 위한 응고인가, 응고된 고백의 육체인가

휘어지는 것들은, 저 휘어지는 속들은
이룩할 수 없는 세뇌에 꿈꾸고, 망가지고, 실패하
면서, 살아 있구나, 살아 있구나, 쓰러졌던가, 하고
허공의 손목을 긋고 가는 저 별빛, 산을 흠모한 몸
의 역동이여
목숨의 증거뿐인 휘어짐의 시작은
시작뿐인 끝이던가, 끝뿐인 시작이던가

피가 아니고서야 숲의 심지는
이처럼 굳센 향내를 챙겨 입을 수 없다
바람은 귀신의 염증처럼 속내를 꿰매고 있고
산은 나를 경멸하였다
밤마다 돌 속에 지층을 만드는 은닉이여
죽기 직전 그 귀(鬼)스러움을 대신하여, 내 혀는
맨발로 뛰어가리라

나와 모르는 얼굴로 살아야 했다던 지상의 은율들은
나를 번역하리라, 춤이 되리라

손바닥에 감옥 같은 손금을 쥐고, 뒤집힌 눈동자에
귀신을 들이면서

내 흰자위는 구름만 불러 모으고 있네, 그 독소를
모아

나는 절정에서 감동처럼 자꾸 튀어오르네

가시연

언제 그랬냐는 듯
음성 사서함에다 어미가 병을 남기고 갔습니다. 수화
기 건너편에서 검은 피가 배어 나와 향을 피우고 물
속까지 마중 나온 가시들이 밤의 바깥을 벗겨내고 있
었다지요.

삼 일이면 죽는다던 아이가 몹시 살아 있어
연이라는 것들의 뿌리가 갖는 물에 대한 친화력처럼
눈꺼풀로 상여를 밀며 피의 싸늘한 휴일을 생각했습
니다. 일순간 공중전화 박스를 통째로 물가에 밀어
넣고도 아무런 이유가 성립되지 않는다는 게 죄라면
죄인데 날마다 연습을 하는 것이지요.

서툰 울음 자궁
에 똥을 싸고 나온 나는 울음보다 배설욕이 먼저였다
던데 앉은뱅이 누이가 언제 그랬냐는 듯 허튼굿 허튼
굿 허틀게 덩실거려 어깨에 올라탄 할애비를 이고 봉
정암에 올랐다지요. 밤새 촛농 위에 체온을 실어 신

당을 견딜 때에도, 합장한 손바닥 속에서 휘리릭 휘
리릭 새소리만 나고 그랬답디다.

　　　　　　　사서함에 어미의 무덤
을 세우고 물가에서 반쯤 썩은 배냇머리 츰츰한 아기
들이 기어 나오고 있어. 가슴 없는 여자들이 절간 기
왓장마다 쌓여 너도 알지? 너만 알지? 경을 외는데
꽃들이 악착같이 긴장하고 나면 죄다 가시라서 없는
곳 쉽사리 해하지도 못하고 꾹 우물 정 속에 꽃송이
하나 가라앉힌 나는

　　　　　　하루 종일 귀신! 귀신입니다.

초대장

창이 깨진다 세수를 할 때마다

두 손 가득 들어 올린 잃어버린 얼굴과 세면대에
가라앉은 얼굴, 먼 곳에서부터
부딪히는, 부딪혀 깨지고 흩어지는, 물 밖 얼굴,
물 안쪽의 얼굴

골목과 골목이 서로를 만나지 못하고
헤어진다 녹아내린다 빈 방에 힘줄들이 벽을 가르고
깨진 유리 조각들이 감동하는 순서
두 팔로 휘저은 무성영화 속 얼굴이 서걱거리고 베
어나간다
얼굴 속에 기생하는 얼굴의 목적

얇은 방에 높이가 없는 창밖
그러나 창을 열면 시퍼런 칼날

방바닥에 굴러보지도 못하는, 뭉개지지도 못하고

싹둑 잘리는

　　그건 내 얼굴 아니 네 얼굴

　　비가 오면, 이 난투극 같은 것

　　창이 깨진다

　　세수를 할 때마다 얼굴을 들어 올릴 때마다

　　나를 절반쯤 모방한 얼굴과 얼굴의 만남

　　수챗구멍 속에 얼굴을 삼킨, 온전히 입 밖에 남아

있지 않은, 꺼억 트림 소리 얼굴

　　모자이크로 밤새 표정을 찾아도 몇몇은 잃어버린

그런 밤

회복기의 노래

이제는 괴롭지 않다

나는 여전히 더러운 것을 아름답다 치장할 용기가
없으나

다시 타오르는 대지의 울렁거림과 태양의 비스듬한
고해, 산중의 바위들이 불어대는 입김들을 예감할 수
있으니

조용한 그날의 봄과 나는 오래 싸우고 있는 중이다

세상 어디에도 죽어서 집을 짓는 자유는 없고

어디로 갈 것인가, 물음을 청하는 백골은 없다

*

누이야

어떤 날은 아비의 형이라는 기운이 찾아와서 굶주
림을 주고 가고 온몸에 가려움만 놓고 사라진다 다른
날은 그 형의 배다른 당숙이란 분이 나타나서 온종일
제 말 좀 들어달라고 울다 간다

할애비는 내 정수리를 밟고 서서 종종 깨끔질을 하고, 편두통을 주고, 내 애인의 조상이란 분이 찾아와서는 다락에 자물쇠 좀 풀어주라 휘리릭, 휘리릭 풀어달라고 꼬라지를 내고 간다

슬퍼 목 놓아 웃어버리자니 나라는 것이 꼭 이런 날 뿐인가 하여 이런 날 뿐인가 하고, 여간해서 웃음이 오르지 못하고, 이 생에 없는 기운들과 싸우다가, 나는 뒤도 없이 나를 떠나고만 싶었다

누이야 안부를 전해오지 않는 누이야, 보라

저물수록 저 혼자서 가는 강물과 현실을 멸시하며 웃는 친절과 허름한 옛집에서 술 한 독을 내오는 질투만이 있을 뿐

나는 전혀 아프지 않다

*

지난날의 내 기억이 정확하다면

아무도 없는 방 안에서 홀로 책을 읽다가, 몇 줄만 책을 읽다가, 그 책을 꼭 껴안고 한 반만년만 잠이 들어도 좋을 먼 곳에서 나는 눈을 떴다 다른 곳에서

내 이름을 부르는 음절들
나는 숨을 쉬기 위해서 술을 마셨다
나는 나를 공격했다

이곳의 모순과 이곳의 이해가 잠깐은 궁금한 순간이 찾아왔다 모르는 내가 몽유 속으로 찾아온대도 반갑지 않았다
나는 나를 간신히 그리워할 줄 아는 영혼이었고 피가 돌지 못하는 봄이었다

누군가는 나를 찾아와주겠지?
오들오들 내일에 굶주렸다 일어나보면 노랗게 젖어 있는 베개의 얼룩과 구겨진 이불보가 고작 여기서 나를 부활시킨 전부였다 곧이어 빛과 파도와 대지의 고

운 향기가 나의 삶을 제압했다
　　때때로 육체의 찬란함 속에서 쉬이 매혹당하여 새
삼스레 노래를 느낄 형편도 뭣도 없이
　　나는 내 뛰는 육체에 설렜다

*

　　누이는 아직도 병과 싸우는 중이다

　　얼마나 더 외로운 뒷모습으로 윳동 저고리를 갈아
입고, 느닷없이 꽃이 떨어지는 나무의 자리를 찾아
고이 입김이나 불어주며, 패를 던지고 있는지 나는
모른다
　　자유란 무엇인가 늙음이란, 말할 수 없음이란, 기
억이란,
　　내 기억이 정확하다면
　　죽어서 괴로운 것은 귀신이요, 살아서 노래하는 것
은 무당이니, 누이야

살아 있다는 증명이 오직 병뿐인 당신
나는 숨을 쉬기 위해서 통증을 만든다

시의 혀
──어떤 물음의 탄생에 대하여

강 동 호

1

어떤 시집의 경우 한 시인의 탄생이 그야말로 하나의 거대한 시적 사건을 이룬다. 여기서 말하는 탄생이 단순히 주목받는 신인의 화려한 등장이나, 물리적인 새 시집의 간행 등을 가리키는 말이 아님을 새겨두자. 탄생의 순간은 마치 우주의 대폭발과 비슷해서, 우리는 시인이 겪어왔던 괴로움의 내력과 기억들이 한 극점으로 응축되었다가 터지는 순간을 목격할 수 있다. 대개의 시인들이 그 터져 나간 기억의 살점들을 추스르고, 다시 기워내는 방식으로 하나의 대상화된 미적 세계를 설계하고 건축한다면, 때문에 (등단이라는 제도적 절차와 무관하게) 그들이 이미 시인으로 거듭난 이후에 시를 쓰기 시작하는 것이라고 말할 수도 있다면, 어떤 시인들은 기이하게도 시를 쓰는 과정에서 매 순간 자기 자신이 시인으로서 태어나고 죽고, 또 다시 태어나는 장면의 에너지를 독자 앞에 연출해낸다. 아니, 연출이라기보다 그것은 차라리 불가피한 동물적 몸짓에 가깝다. 그렇게, 박성준의 시집 『몰아 쓴 일기』에서 말은 비탄인 듯, 분노인 듯 혹은 광증인 듯 의식의 선로를 이탈하고, 구천을 횡행하는 원혼들처럼 정처 없이 저 자신의 서식지를 잃고 헤매는 중이다. 보라. 이곳에서 시인은 시방 태어나지도 않은 위험한 짐승을 자처하고 있지 않은가.

말을 배우기 전, 천연성으로, 나는

꽤 오래 태어나지 않은 짐승처럼, 혀가 험하다
——「데몬에게 말을 빼앗긴
취객들이 맹신하는 기이한 사랑의 하염없음」부분

무엇이 그를 이토록 다급한 절규의 짐승으로 내몰았는가. 시의 제목부터가 그러하거니와, 인용한 대목은 언뜻 제 혈기를 이기지 못한 어떤 주체가 장황하게 말을 늘어놓는 것처럼 들리지만, 의외로 여기에 이 시인의 시적 존재태와 관련된 자의식적 비밀이 인화되어 있다는 것을 눈치챌 필요가 있다. 이렇게 물어보자. 왜 '나의 혀는 (짐승의 혀처럼) 험하다'가 아니라 '나는 (꽤 오래 태어나지 않은 짐승처럼) 혀가 험하다'일까. 이때 '는'이라는 조사는 '혀'가 지니고 있는 독립성을 더욱 강화시키면서 그것이 화자의 통제권 바깥에 놓여 있다는 사실을 은근히 암시한다. 마치 육체의 장기가 겪는 고통의 수동성을 은연중에 강조할 때 쓰이는 것과 비슷한 것이다. 이를테면 '나의 간이 아프다'보다 그저 '간이 아프다'라고 주어를 생략해 말하거나 '나는 간이 아프다'라고 말하는 것이 좀더 자연스러운 것과 유사한 상황이라 할 수 있다. 마치 내 신체에 찾아온 아픔이라는 사태의 불수의성을 강조하면서, 곧 고통이 더 이상 '나'의 소관이 아니게 되었음을 말하는 것처럼. 위 시의 화자가 고백하고 있는 것도 거기에서 멀지 않다. 화자는 스스로가 지금 말을 통제하지 못하고 있음을, 동시에 그것에 어떤 괴로움이 동반되고 있음을 토로한다고 볼 수도 있다. 험한 혀는 곧 아픈 혀이다.

그리고 아픈 혀는 시인이 겪고 있는 말과 관련된 특별한 장애와 아픔을 가리킨다. 물론 시인이기를 자처하면서 말의 아픔에 무감한 이는 없다. 그러나, 어떤 시인이 시달리고 있는 말의 아픔은 치유의 대상이 되지 못하고, 그 자체로 노래의 전조가 된다. 그렇다면 시가 조율되지 않은 음률의 울음이며 비명이란 말인가. 물론 통곡과 괴성이 곧바로 시가 될 수는 없는 법. 과연, 인용되는 다음 대목을 보면 이 시집의 언어 역시 뚜렷한 지향성의 인도하에 발성된 것이라는 사실을 알 수 있다.

바람이 분다, 거역할 수 없다, 일생이여

음악의 처음은 울음이었고

울음의 처음은 짐승이었으니

말을 지배하기 위해

내 혀는 음악이 되기 전, 짐승일 필요가 있었다

———「시커먼 공중아,

눈가를 지나치는 혼돈 같은 교감아」 부분

발레리의 「해변의 묘지」의 한 시구절로부터 파생된 이 매력적인 대목에서 상황은 앞서 인용한 시에서보다 조금 더 진전되고 있는 것처럼 보인다. 시인은 "내 혀는 음악이 되기 전, 짐승일 필요가 있었다"라고 뇌면서 스스로의 혀를 짐승처럼 험하게 길러냈어야 할 어떤 당위성과 필연성을 구태여 감추지 않는다. "말을 지배하기 위해"라는 명시적 목표는 읽히는 바 그대로인데, 앞서 인용한 시와 잇대어 읽게 되면 이때의 말이 어떤 감당키 어려운 고통과 얽혀 있다는 것, 그와 더불어 그 말과 관련된 아픔을 해갈하는 방법이 시인에게는 말의 탄생 이전의 상태로 회귀하는 것임을 짐작할 수 있다. 때문에 "거역할 수 없다"라고 외칠 때에 두 가지 반대되는 마음은 긴장을 이루고 있다. (아직 그 사연은 알 수 없으나) 말의 고통으로 주어진 저 선험적인 사태를 밀쳐낼 수 없다는 자각과, 그럼에도 그 고통을 길들이기 위해 나름 짐승이 되어 항거하겠다는 태도 사이에 세워진 대립각이 바로 그 긴장의 형국이다. 이 대립의 양상에 주목해보면, 박성준에게 '탄생'의 문제가 왜 불가피한 실존적 태도를 이루는지 대략적이나마 가늠해볼 수 있다.

> 울 일이 생겼다는 것은 태어나는 일이었다
> 나, 태어날 때도 태어난 게 부끄러워
> 주먹을 불끈 쥐고 울었다
>
> ——「俳優 2: 의미론」 부분

요컨대, 두 번의 태어남과 두 번의 울음이 있다. 울음이란 무엇인가. 그것은 한 생명의 탄생을 알리는 맨 처음의 실존적 신호다. "울 일이 생겼다는 것은 태어나는 일이었다." 이 의도적 비문으로 인하여, 그 최초의 신호는 세상에 나온 아이에게 앞으로 닥쳐올 무수히 많은 절망, 비참, 고통 등을 미리 기억 속에 봉인시키고 각인시키는 예언의 뉘앙스를 띠게 된다. 여기에 드리워진 비관주의의 그늘을 감지하며 다음 대목으로 시선을 옮기면, 앞에서 말한 탄생에 잇따르는 또 다른 태어남의 광경을 목격할 수 있다. "태어날 때도 태어난 게 부끄러워/주먹을 불끈 쥐고 울었다". 그렇다면 시인은 자신의 선택과 관계없이 이 비참한 세계로 내던져졌다는 사실을 인정하기 싫어서 차라리 다시 태어남을 선택하는 것이 아닐까. 그렇다면 두번째 울음은 역설적이게도 첫 울음을 부정하는 방식으로 스스로를 증명하게 될 것이다. 그러므로 "주먹을 불끈" 쥐었을 때 독자에게 전해지는 것은 모종의 결기이다. 이 같은 화자의 결기는 울음으로 되돌아가는 방식으로만, 즉 그 최초의 야성성으로 되돌아가는 한에서만 태어남 자체를 가까스로 견딜 수 있다는 말처럼 들리기도 한다. 시인의 '울음'은 현생에 닥칠 그 거부할 수 없는 비참을 미리 고지하는 예표(豫表)이자, 동시에 이러한 예언을 기꺼이 탄생의 순간으로 되살아보겠다는 의지의 징표인 셈이다.

2

도대체 무슨 일이 있었던 것인가. 그 사연을 짐작하기 위해, 먼저 누이에 대해 말하는 것으로 시작하자. 박성준의 시집 곳곳에서 호명되기를 그치지 않는, "혼잣말을 하는"(「혀의 묘사」) "병든 누이"(「담」)의 존재를 눈여겨보는 것으로. 우선 시집의 입구다.

나는 왜
열 살부터 너라는 이름의 평전을 쓰기 시작했니?

동무야, 화단 밖에는 너보다 일찍 다녀간 통증이 있단다
부르자마자 입술과 헤어지는 말이 있단다
꽃을 감싸고 있단다

저 꽃은 꽃이 아니려고 애쓰는 동안에만 꽃인데
나무야. 온갖, 젊지도 않은 모양으로 구름을 쑤시는 필체
가 있단다.

어머니보다 긴 이름의 여자가 있단다.
대책 없이 모르는 날씨
누이야. 숨을 쉬기 시작했니?

——「아껴 쓴 일기」 전문

여러 가지 매력적인 문장과 장면이 연 단위로 제시되는
중이다. 그런데 시집으로 들어서는 첫 관문이라는 점을 감
안하더라도, 상황 정보가 그리 많지 않은 탓에 시집 전반
의 내력에 대해 헤아려볼 만한 단서들을 추출하는 것이 생
각보다 쉽지 않다. 그래도 최소한 몇 가지 특유의 분위기
와 정황들을 유추하여 기억 속에 새겨둘 필요는 있어 보이
니, 사태의 추이를 관망하듯 찬찬히 연 단위로 읽어볼 필
요가 있겠다.

먼저 1연. 시의 화자는 "열 살부터 너라는 이름의 평전
을 쓰기 시작"했다. 여기서 인상적인 것은 내가 쓴 것이

'너의 평전'이 아니라 "너라는 이름의 평전"이라는 사실이다. 이 표현을 통해 시의 화자가 적어 내려간 것이 단순히 타인의 전기가 아니라 나와 관련된 이야기일 수 있다는 것, 이 이야기를 대하는 데 모종의 특별한 태도가 개입되어 있다는 것이 슬그머니 암시되고 있다. "시작했니?"의 종결어미는 이러한 해석과 관련하여 묘한 긴장을 조성한다. 이 진술은 내적 독백이 아니라 청자를 염두에 두고 있다는 뜻인데, 그것이야말로 정황상 아리송한 일이 아닐 수 없기 때문이다. 본래 시적 화자 스스로가 고백해야 할 내용을 타인에게 떠넘기듯 묻고 있으니 말이다. 그렇다면 저 진술은 질문을 가장한 한탄과 탄식인가.

의문을 품은 채 2연으로 건너가면 화자가 내뱉는 말의 수신자, 즉 '동무'가 분명히 드러남을 알 수 있다. 여기서 화자는 다소 불분명하지만 어떤 사태의 실상을 좀더 분명하게 각인시킨다. "화단 밖에는 너보다 일찍 다녀간 통증"과 "부르자마자 입술과 헤어지는 말"이 있다는 것 그리고 그것이 "꽃을 감싸고 있"다는 사실이 바로 그것이다. 일단 일찍 다녀간 통증과 입술과 헤어지는 말이 동일한 수준에서 언급되고 있다는 사실로 말미암아, 시적 화자가 말과 관련된 어떤 괴로움을 토로하는 중임을 짐작해볼 수 있겠다.

3연에서는 위 시에서 가장 의미심장한 대목, 일종의 존재론이 피력된다. "꽃은 꽃이 아니려고 애쓰는 동안에만 꽃"이라는 것. 그 속사정이야 위에서 추리할 수 없으니,

(해설자라는 위치를 핑계 삼아 미리 누설해보자면) 그저 이 것이 이 시집 전체를 관통하는 전언이라는 점만을 확인하고 넘어가자.

위 시가 지니고 있는 많은 매력적인 요소들을 차치하고, 주의 깊게 다뤄야 할 것은 마지막 연에 이르러 느닷없이 시의 청자로 제시되는 "누이"라는 존재일 것이다. 그런데 이 누이의 존재 또한 기묘하다. 우선 누이는 "어머니보다 긴 이름의 여자"라는 수식을 받고 있는 것으로 보아 나에게 어머니보다 훨씬 큰 영향을 준 존재였는지도 모른다. 그런데 그녀는 "대책 없이 모르는 날씨"이기도 하다. "숨을 쉬기 시작했"냐고 물어본 것으로 볼 때, 화자의 누이가 어떤 죽음에 가까운 고통에 처해 있다는 것, 그러나 정작 화자 자신은 누이와는 완전하게 절연된 상태로 놓여 있다는 것, 그리고 그러한 단절이 어떤 의미에서 '말'과 관련되어 있다는 것 등을 추정해볼 수 있다. 내친김에 한 걸음 더 나아가자. '아껴 쓴 일기'라고 했으니, 우리는 가족사적인 것(혹은 누이의 삶)과 연관된 그 고통이 나로 하여금 '동무'와 '나무' 그리고 '너'라는 형태로 청자를 호출하고 "열 살부터 너라는 이름의 평전"을 쓰게 한 원동력이 아니었을까 짐작해볼 수 있다. 그러했을 때, 위 시는 명백히 청자를 설정해둔 텍스트처럼 보이지만, 실은 자기 삶의 편린들에게 건네는 자기 고백적 텍스트로 읽힌다.

여기까지는 모두가 그저 짐작과 추정에 불과했다. 일단

모호한 것은 모호한 대로 두고 조금 더 읽어 나가면, 오래 가지 않아 우리는 박성준의 언어적 충동을 일관되게 자극하는 어떤 특정한 삶이 있음을, 그리고 그것이 누이가 처해 있는 고통의 특별한 증세와 관련 있다는 것을 어렵지 않게 알아차릴 수 있다. 시인의 첫 시집에 가족의 내력이 적혀 있는 것은 새삼스러운 일은 아니지만, '누이'의 삶이 이토록 강고한 실존적 인력의 중심으로 자리 잡고 있는 것은 분명 흔치 않은 사례다.

　공기 중에 빨간 입술이 둥둥 떠다니고 있습니다. 병신춤을 추던 누이가 북이 끝나자 병신이 되어 누웠지요.

　〔……〕

　담담해진 마음으로 쓰러진 누이를 내려다보면서
　미안해서 같이 쓰러집니다. 쓰러져봅니다.
　길고 긴 꽃잠 들러 갑니다.
　누이는 겨우 숨이 돌고 있고, 아 대신 내가 귀신 들고 싶어라.
　담은 담이 아닙니다. 농담이 아닙니다.
　농담이 아니란 말씀입니다.
　　　　　　　　　　　　　　　　　　　—「담」 부분

여길 버리고 간다고 한판 벌이는데
귀신의 알리바이로 살라는 말에 턱. 턱. 숨이 막혀
누이가 누이에게서 떠나, 춤을 춘다
　　　　　　　——「검붉은 삼베 위에 좁쌀이 뜰 때」 부분

　누이는 한국 시 특유의 여성 편향성을 지적하는 데 빈번
하게 논의되었던 시적 대상이다. '누이 콤플렉스'라는 말
에서 알 수 있듯, 한국시의 역사에서 특히 고통받는 누이
는 세계에 대한 남성 화자의 욕망을 설득력 있게 개진하기
위해 동원되어온, 일종의 보조적 파트너에 가깝다. 이들은
필연적으로 상처받거나 손상된 형태로, 혹은 병들거나 이
미 죽은 존재로 일관되게 시의 무대에 등장해야만 했다.
조금 더 심하게 말하면, 훼손된 여성성이야말로 누이를 모
성성의 변형적 대체물이면서 동시에 근친 욕망을 은연중에
허용하는 제법 만만한 존재로 거듭나게 만든 요소였던 셈
이다. 때문에 남성 화자가 '누이야'라고 애잔하게 부를 때,
그 부름은 이러한 정서를 환기함으로써 남성 주체가 손쉽
게 어떤 멜랑콜리한 상상적 노스탤지어에 취할 수 있도록
협조한다.
　그러나 이에 반해, 박성준의 누이는 모성의 대체제로
활용되기에는 어딘가 부담스러운 존재들이다. "홀딱 벗은
누이"(「巫」), "앉은뱅이 누이"(「가시연」), 병신춤을 추다
가 "북이 끝나자 병신이 되어" 누워 있는 누이는 그저 "귀

신의 알리바이"로 현생을 연명하는 존재이기에, 어떤 단선
적인 형태의 연민과 동정의 표적이 될 수 없는 것이다. 연
민과 동정의 자리에 더해지는 것은 광기에 대한 나의 두려
움과 불안 그리고 시인으로서 느끼는 일종의 존재론적 질
투이다. 시집에서 누이가 앓고 있는 초자연적인 병의 증세
와 더불어 그에 대한 화자의 복잡한 심경들을 헤아려볼 필
요가 있었던 것은, 그것이 박성준이 생각하는 시인의 존재
론에 다가서는 통로일 수 있기 때문이다. 특히 명계로부터
사산된 말에 짓눌린 누이의 용태는 박성준이 시적 언어에
대한 특유의 자의식을 길어 올리는 데 결정적인 역할을 하
는 것처럼 보인다. 볼 수도 만질 수도 없는 저 너머의 세
계를 현생의 시간으로 이양해 오는 것, 그 귀신과 같은 타
자의 삶을 온전히 현생의 시간으로 받아내는 일은 화자의
직접적인 소망이자 동시에 이 시집의 화자를 시인으로 거
듭나게 하는 어떤 최초의 계기를 제공한다.

　　쓰러져 있는
　　눈썹 문신만 남은 여자의 볼을 오래도록 핥아주고 싶었네.
　　내가 귀신처럼 미쳐, 그 몸에 더, 다다르고 싶었네.
　　　　　　　　　　　　　　　　——「어떤 싸움의 기록」 부분

　"귀신처럼 미쳐, 그 몸에 더, 다다르"겠다는 말은 누이
의 괴로움을 더듬어보려는 화자의 욕망을 드러낸다. 그러

기 위해서는 화자 역시 누이와 비슷하게 자신을 지우고, 미쳐 날뛰는 방식으로 타자의 말을 빌려 광기를 살아내야 한다. 이렇게 광기를 사는 것은 아픈 혼령에게 상대적으로 건강한 내 말의 주권을 내어주는 것과 다를 바 없다.

1)
오래전에 사라진 빛이여
누군가 앉았다 간 이곳의 바람이여

한쪽 끝에서 아우성치는 입술들
정면을 응시하라는 거울의 불안감

얼굴도 없이 거리를 행려하던 새벽이
취소한 심장보다 먼저 부풀곤 했다

거울에 붙은 타원 속으로 경직을 들이미는 용기, 덜렁거리던 육체가 빛을 향해 교수형을 당하고 얼굴과 육체가 순식간에 나눠질 때, 순간이 인화되는 동안, 오래전부터 누군가 나를 부르던 소리, 가만히 귀를 대고 들어보리라 나를 통과해가는 날렵한 추억들을 유예하고 희미한 입김 뒤로 힐끗, 빈 의자를 챙겨놓은 입속이여 외로움에 중독당하라

이곳에 분명 귀신이 왔다 갔다

——「내 아름다운 지박령들: 무인 사진관」 전문

2)

내 입에서 감옥을 찾으러 왔습니까.

주정하는 광대의 그림자를 찾으러 온 겁니까. 아닙니다.
그렇습니다. 있습니다.

입술에서, 무성한 풀섶에서, 벌레 우는 소릴 만들고, 건
드리는

내 살 속에서

할애비의 이야기가 피고

산중에 멀리

더 깊이, 깊이

먹뱀의 혀가 길면

맞습니다. 여기가 여기 아니리만큼 여기지요.

여기, 감금된 혀를 보러 왔습니까. 뱀이라는 몸이 고작,
혀의 감옥이라 끝입니까.

끝이라는 것은 꼬리라는 매듭진 형태, 쉬— 쉬— 내 혀
를 보러 왔습니까.

말하시라. 말씀 좀더

——「무슨 낯으로」 부분

때문에 그의 말 역시 누이의 것과 유사하게 어떤 병을 앓고 있는 형세를 보인다. 위 두 시는 이와 같은 영매로서의 시인이라는 자의식이 비교적 뚜렷하게 인각되어 있는 시편들이다. 그러나 우리의 관심을 끄는 것은 그 자의식을 내용적 차원에서 직접적으로 확인할 수 있는 대목보다는, 그 자의식을 몸소 살고 있는 광경들이다.

예컨대 1)과 같이 상대적으로 발화자의 의도와 의미가 분명해 보이는 장면의 경우에 있어서도, 우리는 텍스트의 미시적인 차원에서 말의 의미론적 질서를 혼란스럽게 만드는 부분들을 관찰할 수 있다. 여기서는 "거울에 붙은 타원 속으로 경직을 들이미는 용기"와 같은 다소 애매하고도 장황한 수사적 표현이 그것이다. 뿐인가. 예컨대 "외침이 될 때까지 몸이 될 만한 것들을 찾아/헤매는 춤의 하소연"(「후련한 수련」), "춤아. 몸에서 몸 끝까지의 말썽이여"(「끝끝내」) 등의 사례처럼 관능적이면서도 선뜻 이해되지 않는 아슬아슬한 진술들이 이 시집의 도처에 산재해 있는데, 이것은 시인이 수사의 수준에서도 어떤 광기를 체현하려고 한다는 의미이다. "비록, 그의 말은 비문이었다"(「소름」). 그렇다면 이 문장은 실로 어떤 표식이 아니겠는가. 이 문장 역시 의미론적으로는 비문에 해당하거니와, 비문(非文)으로서의 말은 곧 의미의 비문(碑文)을 새기는 과정이기도 한 것이다. 요컨대, 박성준에게 비유와 수사는 더 이상 아름답고도 효과적인 말의 전달 가능성을 높이기 위해 고안된 보조적 장치가 아니다. 비유하자면, 박성준은 수사의 과용을 통해 의미를 죽이고 의미 이전의 언어적 전생을 소환시키면서, 낯선 형태로 말의 내세를 도모한다.

2)에서는 그러한 과정이 시적 어조의 차원으로 확장되는 장면이 연출되고 있다. 여기서 우리는 저 폭발하듯 터지는 발성들이 누구의 것인지 확신할 수 없다. 이를테면, 지금 말은 일종의 내부 투쟁을 벌이는 중이다. 때문에 계속해서 임자를 알 수 없는 다양한 목소리들이 무질서하게 끼어들기에, 하나의 일관된 이야기가 좀처럼 끝맺음되는 법이 없다. 동일한 맥락에서 시인이 '배우' 연작을 쓴다는 사실 역시 의미심장하다.

> 누나는 말이 없었어
> 나 대신 말이
> 말이
>
> 몽땅 괄호 안에 들어가 있었어 지시문이었어
>
> 너는 인간도 아니야
>
> 촛불에게 고래고래 소리를 지를 때도
> 기다릴 줄 알아야 어른이라고
> 신엄마 따라나선 길

내 뒤통수를 착하게 착하게도 오래 두고 만져줄 때도

말을 잃었다기보다 애초에 말을 빌려왔다는 생각
괄호였지

——「俳優 1: 너그러운 귀신」

배우란 무엇인가. 시집에서 일관되게 흐르는 생각에 비추면 우선 그것은 인간(人)이 아닌(非) 존재이다. "너는 인간도 아니야". 그들은 단 하나의 진정한 인간의 얼굴을 취하는 대신, 사람들의 다채로운 삶을 연기함으로써 여러 가지 가면의 얼굴들로 스스로의 생을 증명한다. "괄호 안에 들어" 있는 "지시문"을 따름으로써 철저하게 스스로의 영혼을 비우는 삶, 자신이 아닌 한에서만 진정으로 자신일 수 있는 삶을 산다. 이것은 곧 시적인 언어의 존재태와도 일정 부분 유사한 면을 공유한다. 덕분에 이따금 "내 문장에는 주어가 둘일까?"(「俳優 4: 경외심」)라고 회의하는 방식으로 "아직도 만나지 못한 다역의 혀"(「변사의 혀」)를 그리워하며 살아가게 된다.

3

그런데……, 어딘지 석연치가 않다. 과연 시인이 무당

처럼 귀신에게 제 말의 소유권을 선뜻 양도하고, 이름 모를 저 외부의 존재들을 향하여 무작정 자기 세계의 개방을 자처하는 존재일 수 있을까. 해석자의 편에서 볼 때는 이러한 접근 방식이 항간에 유행하는 시적 주체 형식에 대한 담론들에 힘입어 어떤 이론적 상쾌함을 도모할 방법처럼 여겨질지 모르겠으나 단언컨대, 우리는 그러한 유혹과 단호히 결별할 수 있어야 한다.

생각해보라. 시인이라는 존재가 어찌 그저 주인 잃은 세상의 떠도는 말들을 담아내는 그릇에 불과할 수 있겠는가. 물론 시인과 영매가 존재론적으로 가까운 관계라는 것은 고대로부터 이어져오는 다분히 관습화된 믿음이다. 그러나 이 믿음을 오늘날 그대로 믿기란 어려운 일이다. 한 비평가의 통찰처럼 "시인은 더 이상 하늘의 계시나 은총 어린 영감을 받아 적는 자가 아니라, 한 인간으로서 자신의 제한된 정신적 물질적 조건들을 한계에까지 밀어붙여 자신의 운명을 스스로 설계하고 책임지며, 하늘을 비롯한 삼라만상과 정신적 유대가 심각하게 의혹을 받는 '지옥'의 삶을 자신의 창조적 공간으로 받아들임으로써 인간의 긍지를 확보하려는 반항인"(황현산, 『잘 표현된 불행』, 문예중앙, 2012, p. 111)이니 말이다. 타협을 하든, 공모를 하든, 그 결과 압살을 당하든, 이 사이에서의 세계와 욕망 사이에서 이루어지는 모종의 반응을 거치지 않으면 안 된다.

물론 누이를 향한 화자의 마음의 편력기가 '나'로 하여

224

금 본격적으로 시적 자의식을 양육하게 만든 원천이었던 것은 분명하다. 그러나, 그것이 곧 이 시집의 시적 화자를 '영매'라는 존재와 동일시할 수 있는 충분한 근거를 제공하지는 않는다. 이러한 생각은 누이에 대한 화자의 복잡한 심경의 파장을 잠재우고, 화자가 앓고 있는 고통의 다양한 실상을 일원화하는 일에 복무할 수 있게 한다. 그것은 비교적 깔끔한 시 해석에는 일조할 수 있지만, 그 대가로 남성 화자의 자기동일적 성채가 구축되는 공터로 이 시집의 누이를 내어주어야 한다.

무엇보다 그것은 박성준의 텍스트를 읽을 때의 실감과도 직결되는 문제이다. 돌이켜보면 이 시집 안에서 유난히 우리에게 깊은 시적 감동을 선사하는 텍스트는 누이와의 끝없는 긴장 가운데 발성되고 있다는 것을 새삼 자각할 수 있지 않은가. 이 시집에서 가장 인상적인 절창으로 꼽을 만한 시 하나를 청해 듣자.

혼잣말을 하는 누이에게, 누이야. 그만 그쳐라.
혼자라는 성질만 가지고 가서 스스로 벼랑이 되어라. 하고
둘이라는 혀를 가진 나에게
내가 그토록 그리워한 것이 다른 네가 아니라 입속 다른 형식인
나라는 것을 중얼거리다 보면
건강한 묘지로 가 무덤을 핥아대는 입은

나처럼 내 입인가, 나와 멀어질, 나 같은, 네 입인가.

〔……〕

말이 두고 온 혀

말에서부터 변형하는 혀, 말 때문에 다른 혀를 부르다가 복수가 된 혀, 둘이서는 먹을 수도 없고, 말할 수도 없어. 혀에서 혀까지

묘지가 서는 입속

말은 입술과 헤어진 형식이지만 입술은 심장과 멀어진 상태라는 것을

나는 또 사라진다.

필요 이상 잊을 일도 반드시 흉이 아닌데 물소리나 나는 내 갈빗대 사이에서 증발하는 것이 곧 죽음이라고

예감하지 말고 가라. 가능성이란 온도는 내게, 주지도 말고 가라.

누이야 말 좀 하고 가라. 한술 미각에게 색을 주고 나에게 이름을 주고 가라.

무덤을 열고 꽃봉오리처럼 흔적으로 다시 가라.

꿀꺽꿀꺽 나를 깨물고 나를 다 마시고 가라. 말에게 피를

주고 말에게 칼을 주고 가라. 혼자서 말하지 말고 같이 말에
서 살다 가자.

　미안, 중얼중얼 싫다, 멀리 가라. 벙어리로 다시 태어나
묘지로 가자. 서로에게 혼잣말로 같이
　가자.

──「혀의 묘사」 부분

　'누이'를 '나'의 대리인의 자리에 얹으면서 그녀에게 화
자가 생각하는 시인의 어떤 보편적인 형상을 입히는 것도
가능한 일이다. 그러나 그러한 독법에 만족할 수 없는 것
은 그리했을 때 위 시가 그 뜻이 분명한, 대신 단순한 메
타시의 일종으로 격하되어버리고, 결과적으로 박성준 시
특유의 야생성과 그 안에 녹아들어 있는 복잡한 정서가 휘
발되어버리기 때문이다.
　차라리 '누이'를 '나'와 동일한 자리에서 일종의 긴장을
이루는 존재로 복권시켜보는 것은 어떤가. 사실 인용한 시
는 이 시집의 첫 시와 마찬가지로 명백히 '누이'를 향하여
발설하는 형태를 취하는 것 같지만 실은 독백적 텍스트에
가깝다. "혼잣말을 하는 누이에게, 누이야. 그만 그쳐라./
혼자라는 성질만 가지고 가서 스스로 벼랑이 되어라. 하고
/둘이라는 혀를 가진 나에게"라는 대목의 마지막 행은 명
령조로 터져나가던 발화를 다시 나의 내면으로 방향을 바

꿔버리게 하는 일종의 경첩이다. 그러므로 이 혼잣말은 누이의 혼잣말과 마찬가지로 들리지 않는 혼잣말이다. 그러나 그것은 그저 자기 충족적인 고백에 그치는 것은 아니다. "서로에게 혼잣말로 같이/가자"라는 역설적인 문장이 불러일으키는 팽팽한 긴장감은 독백도 대화도 아닌 낯선 발화 형식에서 오는 것이다. 위 시를 독백으로 만들어버린 원인은 이미 세상 저편으로 건너가버린 누이의 병이지만, 이것을 단순한 자기 토로를 상회하는 낯선 말로 만든 것은 어떤 중언부언의 고통을 감내하면서까지 누이에게 말을 건네겠다는 이 화자 특유의 실존적 태도이다. 우리에게 감동을 주는 것은 끝끝내 그 말의 병 속에서도 제자리를 찾으려는 화자의 복잡다단한 의지 쪽이라고 할 수 있다.

이 의지의 복잡성을 강조하는 것은 박성준의 시적 존재론을 '영매로서의 시인'으로부터 분리시키는 중요한 지침이 될 수 있다. 이와 관련하여 우리는 다음과 같은 파격적 선언을 목전에 두고 그냥 지나칠 수 없다.

> 유리는 뿌리를 갖지 않고 거울은 바깥을 뿌리로 두고 있다
> 거울은 늘 타인이 필요하다, 나는 고로 타인이 필요 없다
> ──「俳優 8: 형태론」 부분

"거울은 늘 타인이 필요하다, 나는 고로 타인이 필요 없다"니. 나는 뿌리 없는 유리란 말인가. 만약 그런 의도를

내비치고 있었다면 구태여 위처럼 유별나 보이는 논리적 곡예를 태연자약하게 펼침으로써 독자의 눈길을 거스를 필요가 없었을 것이다. 분명 모종의 사연이 있을 법한데, 정도가 아니지만 논의의 편의를 기도하는 차원에서, 그 사연을 추리해볼 수 있게 하는 직접적 실마리를 다른 시편에서 끌어오자.

> 나는 아버지 심장에 뿌리만 두고 나온 나무거든요. 그림
> 자를 갖는 대신 그늘을 가졌다는 것이
>   점막에 수상한 냄새로 거짓말을 들끓게 해요.
>   다 자라고 나면 이곳을 꼭 벗어나리라. 뿌리에게 말을 걸면
>   아무도 모르게 내 뿌리는 마을만 더 깊이 움켜쥐고 있어요.
> ──「나무의 내력」 부분

주지하듯, '나무'는 이 시집 전반에 걸쳐 화자가 스스로를 지칭하는 상징체로 즐겨 내세우는 대상이다. 여기서도 "뿌리"에 대한 화자의 집착을 느낄 수 있지만, 이 집착에 두 가지 상반된 태도가 병존하고 있다는 사실이 특이한 점이다. "아버지 심장에 뿌리만 두고 나온 나무"라고 자신을 일컬을 때 자신의 실존적 내력을 도대체 인정하지 않는 화자의 완강한 태도가 표출된다면, 반대로 "아무도 모르게 내 뿌리는 마을만 더 깊이 움켜쥐고" 있다고 할 때에는 앞서의 태도를 불수의적으로 거스르는 내부의 다른 충동이

누수되고 있다. 이처럼 이 시집에서 "뿌리"가 운위되는 것은 대개 자신의 실존적 기원을 삭제하여 저 홀로 당당하고 싶으나 그럴 수 없는 이의 양가적인 마음 때문이다. 이를 징검다리 삼아 다시 앞의 시로 돌아가보니, 과연 다음과 같은 구절을 발견할 수 있었다.

물이 나를 감각하고, 고로 나는 감각이다
욕조는 뿌리가 없어서 있다
———「俳優 8: 형태론」부분

위 대목에서도 앞서 목격한 것과 유사한 형태의 논리적 비약으로 묘한 긴장감이 유발되고 있다. 외부에서 이루어지는 느낌의 사태를("물이 나를 감각하고") 그대로 나와 동일시하고, 뿌리가 존재하지 않아서 오히려 뿌리가 있을 수 있다고 선포하고 있는 것이다. 그렇다면 시인은 지금 어떤 모순적인 존재 형식의 공존을 선포하고 그것이 또한 자신의 실존적 기원을 밝혀주고 있다고 말하는 것이 아니겠는가. 그런 의미에서 위 대목을 거꾸로 풀어서 해석하면 도발적인 결론을 재구성해볼 수 있다.

나는 뿌리가 필요 없는 거울이다. 뿌리는 없는 형태로 있다.

이 문장을 그저 자기동일성을 획책하려는 어떤 주체의 야심만만한 선언으로 받아들이는 대신, 어떤 모순적인 사태의 병존을 꾀함으로써 비로소 열리는, 이 시집 특유의 실존적 입구로 이해할 수는 없을까. 그렇다면, 이 명제가 드러내는 파격과 도발성은 겉보기와 달리 시인의 자신을 향한 날 선 공격성을 의미할 것이다. 이러한 자기에 대한 공격성은 영매의 존재 방식과 다르게 이 시집의 화자가 자기 자신에 대한 일견 나르시시즘적인 사랑에 시달리고 있다는 방증으로도 해석된다.

> 내 무덤을 찾아 나는 죽은 나에게 고백을 늘어놓는데
> 산과 빙의하여 꽃처럼, 향불처럼, 제 발을 부러뜨려놓고
> 나는
> 오래전 미래를 보네. 누가 지었는지 모를 노래에게,
> 혼자 피가 된 칼을 던져보면서
> 나는 오래오래 나를 구애하고 싶었네.
> ──「익명의 구애」부분

그러나 이런 자기애는 정처를 잃은 사랑이기도 하다. "내 무덤을 찾아 나는 죽은 나에게 고백을 늘어"놓지만, 구애의 말은 제 주인과 수신자를 모두 잃은 채 구천을 배회할 수밖에 없다. 표현될 수는 있으나 실현될 길이 막막한 이 나르시시즘은, "혼자 피가 된 칼"을 한 때의 자신("누

가 지었는지 모를 노래")에게 내던지게 만들면서 스스로에게 상처를 안기기도 한다. 나에게서 연유하는 타자성을 온전히 방기하겠다는 태도가 아니라, 오히려 그 방출된 타자의 기억을 매순간의 '나'로 대면하겠다는 뜻이니 말이다. 그러한 이유로,

　　축제가 내 몸이다

　　　　　　　　　　　——「메야 메야」 부분

　이런 진술이 가능해지는 것이다. 실로 뼈아픈 고백이라 하지 않을 수 없다. 이 진술이 '내 몸이 축제다'라는 좀더 익숙한 문형 구조의 전도된 형태라는 것을 주목하자. 이 변형에는 시적 자아를 향한 박성준의 복합적인 정념이 묻어 있다. 이를테면, '내 몸이 축제다'라고 했을 때 거기에 산개하는 감각들에서 자유의 순간을 발견하려는 주체의 여유가 묻어 있다면, '축제가 내 몸이다'에는 자아의 파쇄를 일으키는 그 모든 사태들까지도 나의 일부로 꾸역꾸역 감당하려는 이의 지독한 고집스러움이 배어 있다.
　이것을 2000년대에 이르러 본격적으로 활성화되었던 시적 언어의 다성성과 비교해볼 수는 없을까. 그것이 가능하다면 우리는 이렇게 한번 말해볼 수 있겠다. 자아의 존재를 한사코 지우려 한다고 평가됐던 2000년대의 어떤 시들과 달리, 『몰아 쓴 일기』 안에서의 '나'는 좀더 고집스럽

게 '나'로 이루어져 있는 세계를 발견하기 위해 애쓰는 중이다. 때문에 전자의 시들이 '나'라고 발음할 때 끊임없이 천변만화하는 '나'의 감각적 선명함이 강조되고 그 속에서 실천되는 느낌의 자유가 전진 배치된다면, 박성준이 '나'라고 말할 때에는 그 모든 바깥의 사태들을 일컬어 '나'라고 말하고 싶은 이의 통제할 수 없는 괴로움과 참담함이 전경화된다. 표면적으로 연출되는 풍경은 유사해 보이는데, 그 기저에 흐르는 근본 정서가 질적으로 다르다고나 할까. 그리하여 축제가 제 몸과 같다고 말하는 이에게서 포착되는 것은 괴롭고 슬픈 언어의 다성악적 축제, 즉 '고통의 축제'(「고통의 축제」)이다.

4

이 고통이 어쩌면 시인을 비로소 시인으로 태어나게 만든 근원적인 뿌리이자, 이 시집 전체를 하나의 탄생기로 만든 근원적인 힘인지도 모른다. 즉, 누이에 대한 화자의 복잡한 심경이 시인의 탄생기를 구축하는 데 최초의 인력으로 작용했다면, '나'를 향한 가망 없는 구애의 몸짓은 그 인력과의 고통스러운 긴장을 가까스로 유지시키는 척력으로 작용하여 '나'를 시인으로서 세상에 내놓게 하는 것이다. 그러한 맥락의 연장선상에서 우리는 다음 시를 시인의 탄생과 관련하여 가장 감동적인 절창으로 되새겨둘 만하다. 전문을 인용할 수 있다면 좋겠지만, 분량 관계상 부분부분을 발췌하여 그 탄생기의 대미에 들어서보자.

　　이제는 괴롭지 않다
　　나는 여전히 더러운 것을 아름답다 치장할 용기가 없으나
　　다시 타오르는 대지의 울렁거림과 태양의 비스듬한 고해,
　　산중의 바위들이 불어대는 입김들을 예감할 수 있으니
　　조용한 그날의 봄과 나는 오래 싸우고 있는 중이다

　　세상 어디에도 죽어서 집을 짓는 자유는 없고
　　어디로 갈 것인가, 물음을 청하는 백골은 없다
　　　　　　　　　　　　　　　　—「회복기의 노래」 부분

　　더 이상 괴롭지 않다니, 그가 부르고 있는 회복기의 노래는 그렇다면, 자기를 향한 구원의 노래인가. 그렇지는 않은 것 같다. "그날의 봄과" 여전히 "오래 싸우고 있는 중"인 것을 감안하면, 그의 내부에서 여전히 화해 무드가 조성될 조짐이 없다는 것은 분명하다. 그렇다면 어찌 된 사연인가. 일단은 계속 들어보자.

　　누이야 안부를 전해오지 않는 누이야, 보라

234

저물수록 저 혼자서 가는 강물과 현실을 멸시하며 웃는 친
절과 허름한 옛집에서 술 한 독을 내오는 질투만이 있을 뿐
나는 전혀 아프지 않다

말한 그대로, 어쩌면 그는 어떤 의미에서 전혀 아프지
않았던 것일 수도 있겠다. 그저 그가 누이처럼 아플 수 없
다는 사실에 원인을 알 수 없는 질투만 났을 수 있겠다. 그
래서 '나'는

내 이름을 부르는 음절들
나는 숨을 쉬기 위해서 술을 마셨다
나는 나를 공격했다

이것은 위악이 아닌가. 어쩌면 그럴지도 모른다. 그러
나 나에 대한 나의 공격은 위악의 소산이기도 하지만, 자
기를 향한 위악만이 시인을 살게 하는 유일한 생의 에너지
이기도 하다.

누이는 아직도 병과 싸우는 중이다

얼마나 더 외로운 뒷모습으로 웃동 저고리를 갈아 입고,
느닷없이 꽃이 떨어지는 나무의 자리를 찾아 고이 입김이나
불어주며, 패를 던지고 있는지 나는 모른다

자유란 무엇인가 늙음이란, 말할 수 없음이란, 기억이란,
　　내 기억이 정확하다면
　　죽어서 괴로운 것은 귀신이요, 살아서 노래하는 것은 무
　당이니, 누이야

　　위에 누설된 기억이 정확하다고 우리는 믿지 않을 수 없
다. 그의 기억대로라면 화자는 누이가 싸우는 병의 세계에
서 멀리 떨어져 있다. 때문에 그 무엇에 대해서도 명료하
게 말할 수 없는데, 그나마 간신히 말할 수 있는 기억이란
"죽어서 괴로운 것은 귀신이요, 살아서 노래하는 것은 무
당"이라는 상대적으로 건조한 사실 뿐이다. 이때 귀신의
괴로움과 무당의 노래는 거의 동등한 수준의 것, 즉 호환
될 수 있는 수준으로 이해된다. 이 병과 노래는 즉자적이
고, 생래적인 것이다. 그렇다면 나는 어떤가.

　　살아 있다는 증명이 오직 병뿐인 당신
　　나는 숨을 쉬기 위해서 통증을 만든다

　　누이의 생을 증명하는 것은 귀신이 선사한 외부의 병뿐
이다. 누이는 살아 있지 않는 순간에만 비로소 본인의 살
아 있음을 증명한다. 역설적이게도 철저히 자신이 죽어갈
때에만 스스로의 생을 타인에게 증명할 수 있는 것이다.
이 증명은 처절한 것이고, 아픈 것이고, 허나 막막한 것이

다. 그것은 제 슬픔을 모르는 슬픔이다. 그렇다면 나는 어떤가? 시인은 살기 위해서, 자신의 존재를 스스로 납득하기 위해 기꺼이 통증을 만드는 존재이다. "아픈 걸 단순히 고통이라 부를 수 없다. 고통은 고통이고 아픈 건 아픈 거다"(「고통의 축제」). 시인과 영매의 삶과 언어가 결정적으로 달라지는 부분도 바로 여기가 아니겠는가. 시인은 단순히 자신을 완전히 잃어버리는 고통 속에 내던져진 존재가 아니라, 고통 속에 기거하면서 그 바깥의 삶을 추스를 수 있는 존재이다. 때문에 시인은 언제나 영매가 되려고 해도 그럴 수 없는 존재이기도 하다. 그러나 역설적이게도 이 실패가 축적되는 시간이 역설적으로 시인의 탄생을 가능케 한다.

시인은 언제 비로소 시인인가. 스스로가 자신의 언어를 완벽하게 관장할 수 있다고 믿는 자의 경우, 제아무리 아름다운 수사를 설파하며 시인을 참칭한다고 할지라도 진정한 의미의 시인이라 할 수 없다. 반대로 자신이 놀리는 혀를 제어할 수 없는 상태로 방기해버리는 무책임하게 자유로운 이를 가리켜 시인이라 부르는 것도 꺼려진다. 다소 모호한 표현이지만, 시인의 상태는 차라리 그 '사이'라 할 수 없을까. "꽃은 꽃이 아니려 애쓰는 동안에만 꽃인데". 앞에서 읽은 이 기묘한 존재론을 박성준이 겨누고 있는 시인의 존재론과 결부시켜볼 수는 없을까. 그럴 수 있다면 "동안에만"이라는 표현을 특별히 강조해 읽자. 시인은 시

인이 되지 않으려고 애쓰는 그 찰나의 순간에만, 그 시간
의 편각 속에서만 가까스로 시인으로 탄생한다. 아니, 최
소한 여기서는 그 탄생의 기미를 일컬어 '시인'이라는 이름
을 붙여도 좋다. 과연 어떤 시인은 탄생 이후의 생활을 구
가하는 대신 차라리 탄생의 시간을, 그 말의 전생을 매순
간 경험하는 길을 택하기를 마다치 않는다.

　단언컨대, 박성준의 시집을 말하는 데 '매 순간'이란 말
은 수사가 아니다. '몰아 쓴 일기'라 했거니와, 이 필연적
인 방식의 시 쓰기는 한 시인을 비로소 시인으로 탄생하게
하는 연대기적 내력과 존재론적 에너지를 매 순간 집중시
켜 쏟아내면서 텍스트 자체를 일그러뜨린다. 지금까지 우
리는 이 시집을 마치 통째로 한 편의 시인 것처럼 간주해
읽어왔는데, 무엇보다 그 이유는 앞에 적어두었던 것처럼
이 한 권의 시집이 그 자체로 시인의 삶을 받아 적은 실존
적 방랑기이자 언어적 편력기를 구성한다 믿었기 때문이
다. 그러니, 그것은 매번 자신이 태어났던 시절 이전의 시
점으로 거슬러가는 힘겨운 작업일 수밖에 없다.

　　헐거하는 울음들이 무릎 꿇은 바람을 일으켜
　　여우 굴에 벽화를 그리네, 밤과 내통한 빛이 그리워
　　내 갈비뼈, 어두운 물속에서 가만히 떠올랐던가
　　울음이 악보를 찾아가듯 숲이 밤을 찾아가
　　어두운 옷장 속 빈 것들이 나를 기다리네

깜빡깜빡 허공을 긋고 가는 저 불빛들

——「주저흔」 부분

울음이 매장되어 있는 동굴은 곧 시인의 몸이다. 탄생을 연주한다는 것은 그처럼 고통과 괴로움의 시간을 펼치고, 몸을 악기 삼아 그것에서 일으키는 정서의 음률과 가락을 조율하는 일이다. 그렇게 말의 전생과 내세를 음역대로 거느리는 울음이 곳곳에서 터질 때마다 한동안 폐기되었던 삶, 버려진 기억들이 한꺼번에 귀신처럼 소환된다. 그리고, 시인은 다시 죽다가 살아난다.

어떤 사람은 귀신처럼 앓는다. 커튼의 흔들리는 그림자처럼, 그림자를 쥐고 흔드는 바람처럼, 너는 귀신을 닮아 귀신처럼 방을 어지르는 사람, 어제부터 오늘까지 천천히 죽었다.

죽지 말지. 그러나 너는 살아나리라.

——「어떤 싸움의 기록」 부분

이것은 저주일까, 아니면 축복일까. 섣불리 대답할 수 없는 것은 그 모든 노래가 시인의 고통을 제물 삼아 얻어낸 대가이기 때문이다. 어쩌겠는가. 저 먹먹한 탄생의 곡예 앞에서 속수무책으로 지켜보고, 이 망연자실한 사태가 불가피하다는 사실만을 되새기는 수밖에. 혹, 태어남을 저

주하면서 기꺼이 저주받은 일생을 받아내야 하는 삶 속에서도 살아 있음을 긍정케 하는 한 줄기 구원의 계기를 도모할 수 있을까. 그러나…… 구원이라는 말은 너무 막연하고 막막해서 인간에게 허락된 말이 아닌 것 같으니, 그저 시인의 말을 좇아 이렇게 어떤 바람 하나를 간신히 띄울 수 있을 뿐이다. 구원은 구원이 아닌 한에서만 구원이다. 다시 말하자. 구원은 오지 않았다. 구원은 오지 않는다. 구원은 영원히 오지 않을 것이다. 그저, 바람〔風/欲〕만이……이렇게, 불어온다. ▨

바람이 얼면서 고백을 해오니, 사랑한다, 살아 있겠다
　　　　　　　　　　—「데몬에게 말을 빼앗긴
　　　　　취객들이 맹신하는 기이한 사랑의 하염없음」